TRYSORFA
# Deinosoriaid

# Cynnwys

# TRYSORFA
# Deinosoriaid

Lluniau gan
## Graham Howells

Gomer

# Dechrau'r Diwedd

Gwion Hallam

*Tua 65 miliwn o flynyddoedd yn ôl fe ddaeth teyrnasiad y deinosoriaid i ben. Ar ôl 200 miliwn o flynyddoedd, bron, ac ar adeg pan oedd creaduriaid fel y tyranosawrws rex a'r archentinosawrws anferthol yn cerdded y ddaear, fe ddigwyddodd rhywbeth a wnaeth eu difa nhw i gyd. Un syniad yw bod y ddaear wedi bod trwy gyfnod o newid mawr – yn ddaeargrynfâu, llosgfynyddoedd ac ambell tswnami. Mae eraill yn meddwl fod y byd wedi oeri'n eithafol fel na allai'r deinosoriaid oroesi. Cytuna'r rhan fwyaf o arbenigwyr fod meteor anferthol wedi taro'r ddaear tua'r cyfnod yma, a hynny mewn man sydd ar arfordir Mecsico heddiw. Byddai chwalfa o'r fath wedi achosi sawl tswnami a daeargryn, a byddai'r llwch o'r meteor wedi tagu golau'r haul a'i wres. Fe fyddai'r deinosoriaid lleiaf a'r rhai mwyaf wedi cael eu heffeithio gan hyn. I bob deinosor o dan haul, ai dyma oedd dechrau'r diwedd?*

Mae yna rywbeth arswydus amdani. Am y ffordd mae'n aros mor llonydd a balch, wedi lapio'i hadenydd o gwmpas ei chorff fel sach ychwanegol o groen. Ar ei chraig uwch y dŵr mae'n gwylio'r olygfa'n ofalus. Pteranodon ydi hi, ac er bod ganddi big fel aderyn a chrib ar ei phen, nid aderyn mohoni ond ymlusgiad. Fe all hedfan wrth gwrs – milltiroedd mewn diwrnod – ond nid oes symud na throi arni nawr. Yno ar ei chraig hanner milltir o'r llawr mae'n gwylio'r holl wlad yn cael ei newid islaw, a'r dyffryn yn troi'n fôr unwaith eto.

Yng nghanol y nos fe welodd hi'r gwreichion o bell. Cawod o gerrig o'r awyr ar dân, y sêr fel pe baen nhw'n cwympo o'r awyr. Ac fe welodd hi'r belen anferthol o dân yn chwalu i'r môr, ymhell bell i ffwrdd, ond mor boeth nes iddi deimlo'i gwres. Ac wrth deimlo'r holl ddaear yn ysgwyd i gyd fe wyddai fod yna newid ar ddod. Gwyddai ym mêr ei hesgyrn y byddai'r effaith i'w theimlo am oes. Ac wrth graffu drwy'r tywyllwch i gyfeiriad y tân fe welodd y môr yn y pellter fel pe'n symud yn nes. Oedd y môr yn dod tuag ati? Roedd y gorwel tywyll a llwyd yn rholio i'w chyfeiriad.

Ond fe dorrodd y wawr unwaith eto, ac yno uwch y dyffryn mae'n gwylio o hyd a'r môr wedi cyrraedd gwaelod ei chraig. Nid yw'n cofio mai dŵr oedd o gwmpas y graig flynyddoedd yn ôl. Ond mae'r môr wedi dychwelyd yn gyflymach o lawer nag y ciliodd o'r blaen, yn rhy gyflym i rai allu dianc. Mae corff arall islaw yn cael ei gario gan y lli. Un ifanc? Efallai. Mae'r pteranodon balch yn gwylio'r cyfan yn oer, yn saff ac yn sych am y tro. Y tu hwnt i grafangau'r tswnami.

•  ●  •

Rai milltiroedd i ffwrdd ar ddarn cul o dywod mae'r maiasawra'n gwylio'r môr yn nesáu. Bu yno'n y pellter erioed – y llanw'n dod i mewn a'r llanw eto'n mynd allan. Ond does yna ddim trai ar y dŵr y tro yma, a does yna ddim troi ar y mamau. Mae'n olygfa arswydus, y maiasawra'n mynnu sefyll eu tir. Greddf mam yw bod yno i'w rhai bach tan y diwedd, amddiffyn y nyth rhag beth bynnag a ddaw, yn ddeinosor arall neu'n grocodeil llwglyd – neu'n fôr! Pob mam wrth ei nyth sy'n syllu ar y dŵr yn dod tuag ati i lyncu ei hwyau, neu i foddi'r rhai bach wrth ei thraed. Mae yna rywbeth mwy truenus am y rhai sydd wedi deor o'r wyau, y cyw ddeinosoriaid sydd â'u traed heb ddatblygu o hyd. Dyna drefn a datblygiad y maiasawra'n rhai bach, a boddi fel yr wyau fydd eu diwedd i gyd â'u coesau heb ffurfio na thyfu.

Ychydig gamau i ffwrdd mae yna fam sy'n fwy prysur na'r lleill. Er ei bod yn araf wrth natur mae'n gwthio'i hun i frysio i gyfeiriad y coed uwch y traeth. Mae'n mynd at nyth newydd sydd ymhellach o'r môr gan gario'r cyw olaf yn ei cheg yn ofalus i gysgod y coed a'r tir sydd ychydig yn uwch. Fe stryffaglodd â'r cyntaf cyn troi a dychwelyd er mwyn achub yr ail – yna'r trydydd a'r pedwerydd – a'u cario'n ddiogel i'r nyth newydd. Yn ôl ac ymlaen am gryn amser nes bod y nyth wrth y môr yn ddim ond twll yn y tywod i'w lenwi â dŵr hallt y môr.

Wrth ddychwelyd â'r olaf yn gwingo yn ei cheg mae'n sylwi ar y coed wrth y nyth â'r cywion sydd wedi eu hachub. Beth welodd hi'n symud? Ai cynffon oedd honna'n siffrwd ar hyd y ddaear wrth y coed? Mae'n cyrraedd y nyth â'r cyw olaf yn saff ond yn gweld fod y nyth newydd yn wag. Mae'n gwneud sŵn yn ei gwddf wrth edrych yn ôl tua'r coed, yna'n gollwng yr un bach yn ofalus i'r nyth sy'n ddim byd

8

ond twll erbyn hyn. Mae un wedi ei achub o leia, meddylia. Y cyw melyn olaf.
Y dyfodol yn saff yn ei nyth? Mae'n edrych i lawr at y maiasawra wrth y môr a'r dŵr
yn dal i godi o hyd.

• • •

• DECHRAU'R DIWEDD •

Nid yw mynyddoedd yn symud fel arfer ond rhyw filltir i ffwrdd mae rhywbeth yn chwalu drwy'r goedwig. Mynydd ar daith yn hollti boncyffion fel priciau. Rhyw greadur arall sy'n sgrechian wrth geisio dianc ond mae dau'n rhy hwyr ac yn slwtsh gyda'r dail o fewn dim. Heb sylwi, na throi tuag yn ôl nac arafu, mae'r mynydd yn symud. Ond wrth chwalu a chreu llwybr drwy'r coed mae gwddw'n codi'n urddasol drwy'r dail ac mae'r mynydd yn codi ei ben ben. Archentinosawrws – dim mwy, a dim llai – yw'r mynydd o gnawd na ddylai allu symud fel hyn. Mae'r mynydd yn arafu o'r diwedd. Â'r goedwig yn ddiogel, a'r hollti'n distewi, sŵn ysgyfaint y creadur yn llenwi a gwagio sydd i'w glywed ar ôl iddo deithio mor bell, ond mae'r creadur anferthol yn llonydd a hardd a'r gwyrddni fel môr at ei ganol. Mae ei ben yn uwch na'r canghennau a'r dail a'i lygaid yn darllen y wlad oddi tano. Ni fu erioed yn y rhan yma o'r byd o'r blaen. Fe deithiodd i'r gogledd ymhell iawn o'i dir am ddyddiau ac wythnosau a misoedd yn chwilio, ond siom a gaiff yma eto. Mae'n gweld bod y wlad yma'n ffrwydriad o liwiau. Llond gwlad o ffrwythlondeb, yn bryfed a blodau, mamaliaid a mwy, creaduriaid o bob lliw a llun. A deinosoriaid, o oes. Ond neb yr un fath o asgwrn â fe. Anobaith a siom sy yn ei lygaid, heb fod golwg o gymar.

Bwyd, meddai ei gorff, ac mae'n bwyta. Mae yna ddigon o fwyd, does dim prinder o hwnnw, ac mae'n estyn yn rhwydd at y coed sydd o'i gwmpas gan lyncu canghennau a rhwygo coeden gyfan o'r tir. Y darn gorau yw'r gwreiddiau; y darn gwaethaf yw'r pridd sydd o'u cwmpas. A dyma edrych yn syn i gyfeiriad y môr gan synhwyro rhyw newid. Ond beth? Mae'n gweld mynydd neu afon – ar dân! A dyma gychwyn, rhaid mynd i ymchwilio. Gorfod bwyta i symud a symud i fyw, dim mwy i'w fodolaeth na theithio.

Yn frenin ar bopeth, does dim byd all ei ladd. Does yna'r un creadur all ei ddychryn na'i herio. Does ganddo ddim cymar na rheswm dros aros. Wedi blino ar y teithio mae'n mynd tuag at y môr! I gyfeiriad y tân! Ydy'r sŵn yn y pellter yn addewid o rywbeth? Yn newid o'r diwedd? Neu'n awgrym o ddiwedd y daith?

• • •

11

A hithau'n beryglus o agos i'r môr ar ei chraig yn y dŵr mae'r pteranodon unig yn gweld bod yn rhaid iddi adael. Nid dim ond y dŵr sy'n ei bygwth hi nawr, mae'r awyr yn tywyllu a'r holl graig o dan ei thraed yn symud. O'i lloches bu'n gwylio mynyddoedd ar dân. Llosgfynydd yn codi lle y bu unwaith ddŵr llyn. Yr holl fyd yn cael ei droi ar ei ben. Â'r awyr yn ddu gan lwch ac adenydd, ei thro hi fydd hi nesaf i ffoi. Wrth i'r graig a fu'n ei chynnal ddechrau gwegian a rhoi mae'r pteranodon falch yn gorfod codi a lledu ei hadenydd gan ddangos ei chywion i'r byd. Dyna oedd yno! O dan ei hadenydd mor hir, dau fach na all eu gwarchod ddim mwy. Mae'n gwybod yn iawn na all hedfan a'u cario hwythau. Roedd wedi trio rhoi cynnig arni cyn hyn ac wedi colli un bychan wrth wneud hynny. Ac felly, pa ddewis sydd ganddi ond mynd? Eu gadael er mwyn ei hachub ei hun.

Wedi aros mor hir, nes ei bod yn rhy hwyr, bron, mae'n taflu ei hun i dywyllwch y gwynt ac yn codi uwch y graig sydd ar chwâl. Greddf oesol sy'n ei gyrru. Goroesi. Gweld yfory. Parhad.

Mae mynyddoedd yn symud. Afonydd ar dân. Dechrau'r diwedd yw hyn, dyna i gyd.

• ● •

• DECHRAU'R DIWEDD •

# 'D' am Deinosor

### Eurig Salisbury

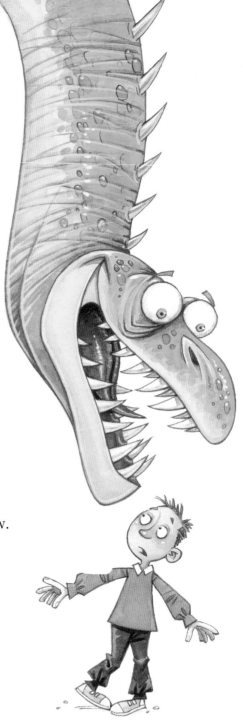

Y diwrnod o'r blaen pan es i am dro
Mi glywais i rywun yn galw, 'HELÔ!'
Roedd ei lais yn ddwfn fel ogof fawr,
Un 'HELÔ' hir yn ysgwyd y llawr.

Pan drois 'nôl i edrych, wir, doedd neb 'na,
Dim ond dwy goeden a bag o ffwtbols da,
Mi o'n i ar fin rhedeg i ffwrdd ar ffwl-sbîd
Pan symudodd y coed gan ysgwyd y byd.

Ar ôl edrych lan, a lan, a lan, a lan 'to,
Mi welais pwy'n union fu'n galw, 'HELÔ',
Roedd ei groen fel croen neidr, yn llyfn a di-flew,
Ac nid coed oedd yn symud – ond dwy goes enfawr, dew.

Roedd ganddo ddwy set o ddannedd mawr da,
Rhai miniog fel cyllyll. Mi waeddais i – 'Aaaaaahh!'
Ond chwerthin wnaeth e ar fy mhen, 'Ha, ha, ha,
Nid fel 'na mae rhuo, ond fel hyn – RAAAAAAHH!'

16

Ond er bod ganddo ddannedd a chynffon hir, hir,
Mi oedd e'n edrych yn reit drist, a dweud y gwir,
'Sssssshhhht!' meddwn i, 'yr hen ddeinosor cas,
A dwed wrtha i be' sy'n dy boeni di, was.'

'O! Mae'n ddrwg gen i,' meddai'r deinosor mawr,
Ac eisteddodd o, BANG, i lawr ar y llawr.
'Dwi ychydig yn ddiflas heddi, 'na i gyd,
Dwi ofn 'na i ddim gorffen fy ngwaith cartre mewn pryd.'

Dechreuodd y deinosor grio, 'BW HW,'
A gwichian ac ysgwyd fel mwnci mewn sw.
Disgynnodd un deigryn i lawr ar fy mhen
A SBLASH, ro'n i'n wlyb ac yn ddig dros ben!

Ond wnes i ddim gwylltio, a dwedais, 'Ocê,
Nawr nawr, mi helpa i ti – wel, beth aeth o'i le?'
'BW HW, a wnei di fy helpu i, plîs,
Dwi am ddysgu'r wyddor!' meddai'r deinosor trist.

'Wrth gwrs,' ddwedais i yn syth wrtho fe,
'A, B, C, Ch, D, Dd, E,
Mae'r holl lythrennau nesa yn swnio'n reit ddel,
F, Ff, G, Ng, H, I, L.'

'Fi nawr,' meddai ynte, a'i wddf fel Loch Ness,
'Ll, M, N, O, P, Ph, R, Rh, S.'
'Dim ond pump sy ar ôl.' 'IE IE,
T, Th, U, W, Y' – 'Hwrê!'

Mi neidiodd e lan, a lan a lawr 'to,
Nes codi ofn mawr ar bawb yn y fro.
'O diolch, diolch!' meddai'r deinosor mawr,
'Dwi ddim yn meddwl wna' i dy fwyta di nawr.

Mi ro' i ti losin i ddiolch, wir,'

A thwriodd i ganol ei fag e am hir.

'Dyma ti, fy ffrind,' gan roi yn fy nwy law

Un darn o losin mawr trwm ar y naw.

'Dim losin yw hwn!' meddwn innau'n reit syn,

'Y deinosor dwl – ond pêl-droed ddu a gwyn!'

'Ond dyna dwi'n ei fwyta pan mae 'mol i'n gwneud sŵn –

Maen nhw'n blasu'n felysach na defaid a chŵn!'

'Diolch, a ffarwél!' meddwn innau wrth fynd,

Gan feddwl sut beth fyddai deinosor fel ffrind . . .

Felly gwna di'n siŵr, os ei di am drec,

Dy fod ti wedi dysgu dy A, B, C!

19

# Yr Anifail Anwes Mwya Enfawr
# Erioed Erioed Erioed

Jon Gower

Diwrnod heulog arall ac roedd Hector allan ar y bryn yn casglu cerrig i ychwanegu at ei gasgliad. Erbyn hyn roedd ganddo wyth deg saith carreg o bob lliw a llun, gan gynnwys un oedd yr un lliw yn union â'r haul ac un arall oedd yn edrych fel trwyn ei fam-gu. Roedd wedi bod yn casglu cerrig o gwmpas ei gartref yn y Wladfa yn Ne America er pan oedd yn saith mlwydd oed, a hynny flwyddyn gyfan yn ôl.

Dychmygai Hector mai hwn oedd y casgliad gorau o gerrig hardd yn yr Ariannin, ac efallai hyd yn oed yn y byd i gyd yn grwn. Eisoes roedd wedi llenwi'r pedair silff yn ei stafell wely. A hwn oedd y prynhawn gorau o gasglu eto. Roedd cario'r esiamplau newydd yn ôl tuag adref yn waith caled. Roedd y gwaith yn codi syched arno ac roedd eisoes wedi yfed pob diferyn o'r sudd lemwn cartref allan o'r botel fawr frown yn ei fag.

Tywynnai'r haul yn gryf ar afon Camwy a lifai heibio cesail y bryn. Bellach, roedd Hector yn ddigon uchel i fyny'r llethr i fod yng nghanol tir da i ddarganfod ffosilau. Gallai dwrio â'i raw fach a darganfod pob math o hen, hen greaduriaid. Hen, hen, hen, hen, hen greaduriaid, gobeithiai. Byddai'r rhain yn byw dan y môr pan oedd y darn yma o Batagonia dan y tonnau.

Yna, fe'i gwelodd . . .

Carreg gron, las oedd mor llyfn a gwastad nes denu ei law i gyffwrdd â hi'n syth. Carreg gron, yr un siâp yn union ag wy. Doedd bosib, meddyliodd Hector wrtho'i hun, cyn craffu'n fanylach ar y garreg o'i flaen. Ie, rhaid mai wy oedd e. Ond nid wy

22

cyffredin mohono. Roedd yn fwy nag wy unrhyw aderyn.
Oedd – llawer iawn mwy. Os gallech chi wneud omlet
i fwydo ugain o blant o un o wyau'r estrys oedd yn
byw ar y paith, gallech fwydo holl ddisgyblion
Ysgol yr Hendre â'r wy yma, meddyliodd eto.
Roedd yr un maint â phen Hector. Felly, byddai
ei het yn berffaith i'w gario adref!

Ar ôl iddo'i roi'r wy yn ofalus yn ei het, cariodd
Hector yr wy adref mewn sach ar ei gefn yn araf a phwyllog.
O bell, edrychai Hector fel crwban yn cerdded ar draws y paith,
a'r llwch yn codi'n gymylau brown o'r tir sych y tu ôl iddo.

Pan gyrhaeddodd adref, roedd ei fam a'i dad yn dal allan yn y caeau'n gweithio.
Felly, aeth Hector yn syth i'w stafell wely lan llofft a chuddio'r wy dan un o'r blancedi
sbâr oedd yn y gist ar waelod ei wely.

Y noson honno, wrth i'r lleuad ddisgleirio drwy'r ffenest gan wneud i'r stafell
edrych fel petai'n nofio mewn hufen trwchus, meddyliodd Hector iddo glywed
sŵn bach anghyffredin. Roedd fel sŵn llygoden. Doedd dim yn rhyfedd yn hynny,
meddyliodd, gan y byddai nifer o lygod bychain yn dengyd i'r tŷ ar ôl cael braw yn
y caeau ar adeg y cynhaeaf fel hyn. Ond nid llygoden oedd yn gwneud y sŵn yma.
Roedd y sŵn hwn ychydig bach yn wahanol, roedd Hector yn bendant o hynny.
Ond gan ei fod mor flinedig ar ôl ei grwydro yn ystod y dydd, buan y teimlodd ei
lygaid yn trymhau ac anghofiodd y cyfan am y sŵn.

Ben bore, roedd Hector wrthi'n gwisgo'i wisg ysgol pan glywodd y sŵn eto. Ond y tro hwn, roedd yn llawer trymach. Lawer iawn yn fwy trwm.

Swniai fel daeargryn bach, neu hyd yn oed goeden enfawr yn hollti'n ddwy ar ôl cael ei tharo gan fellten. Sŵn bom neu daran yn union uwchben, yn boddi ei glustiau â sŵn. Ac roedd y sŵn yn dod o waelod y gwely – o'r gist flancedi. Agorodd glawr y gist ar unwaith a dechrau twrio. Wrth iddo dwrio, sylwodd ar rywbeth annisgwyl. Y flanced – roedd y flanced ar ben y gist yn symud. Yr union flanced y cuddiodd yr wy ynddi. Agorodd hi'n sydyn. Roedd yr wy yno o hyd, ond roedd rhywbeth yn digwydd iddo. Roedd yn methu credu ei lygaid. Roedd yr wy wedi torri'n ddau, ac roedd rhywbeth yn gwthio'i ffordd drwy'r plisgyn. Coes . . . coes werdd fel madfall . . . yna un arall . . . yn wyrdd fel deilen . . . ac yn eu dilyn . . . corff boliog wedi'i

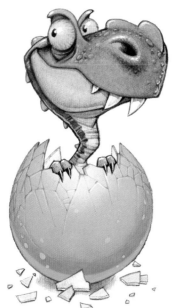

glymu wrth gynffon hir, drwchus, werdd . . . ac yna pen . . . pen bwystfil, tebyg i hwnnw oedd yn ymladd â King Kong yn y ffilm arbennig honno. Rhwbiodd Hector ei lygaid.

Oedd, roedd yn hollol wir. Roedd Hector yn rhannu ei stafell â . . . deinosor bach.

Wel, nid *bach* yn union! Roedd y deinosor yma eisoes mor dal â Hector ac roedd hi'n amlwg ei fod yn barod am ei frecwast.

Rhedai poer fel nant o'i ddannedd miniog – dannedd miniog a oedd yn edrych mor gryf â dur ac fel llif enfawr.

24

A sut oedd Hector yn gwybod hynny? Oherwydd bod y creadur pum troedfedd o daldra newydd fwyta darn o'r silff lyfrau, heb sôn am lyncu dau o hoff lyfrau Hector.

Syllodd Hector yn syn ar y creadur rhyfedd oedd yn ei stafell – ar y llygaid enfawr oedd fel rhai o'r soseri yn nhŷ Mam-gu, y dannedd ffyrnig fel rhai siarc, y ffroenau mawr fel ogofâu a'r croen gwyrdd, trwchus oedd yn edrych yn dewach na chroen unrhyw rinoseros.

'A-aros di'n fan'na!' gwaeddodd Hector ar y deinosor cyn rhuthro allan i'r sied tu ôl i'r tŷ i nôl wyth tun o fwyd ci a'u hagor mor gyflym ag y medrai.

Arllwysodd eu cynnwys i mewn i fwced a rhuthro'n ôl i'w stafell lle roedd y deinosor wedi dechrau bwyta mwy o'i lyfrau.

'Dyma ti,' meddai Hector gan estyn y bwced draw ato. Edrychodd y deinosor yn ddrwgdybus ar y slwtsh brown oedd yn y bwced, ond ar ôl iddo arogli'r bwyd ci ddwywaith, cydiodd yn y bwced uwch ei ben â'i freichiau gwyrdd, cryfion ac arllwys y cyfan i'w geg gan lyncu'r cwbwl lot ag un gegaid.

'Aros funud!' gwaeddodd Hector, wrth neidio i lawr y grisiau i weld beth oedd yn y pantri. Yno, ar y silff ganol, roedd pastai afal roedd mam Hector wedi'i choginio'r noson cynt. Oedodd Hector am ychydig a meddwl ddwywaith cyn gafael yn y plât enfawr a'i godi â'i holl nerth a rhuthro 'nôl lan y grisiau i'r llofft. Y tro hwn, pan gyrhaeddodd y stafell, o leia doedd y deinosor bach ddim yn bwyta rhagor o'i lyfrau! Yn hytrach, eisteddai ar ei ben-ôl yn llyfu darnau bach o fwyd ci oddi ar ei ewinedd ffyrnig-yr-olwg, fel crafangau hen wrach. Cyn pen dim, roedd yn chwyrnu cysgu'n braf dan un o flancedi'r gist, a phenderfynodd Hector efallai mai dyma'r amser gorau i'w throi hi am yr ysgol. Felly, dyma fe'n cloi drws y stafell yn ofalus, gan adael y deinosor bach yn ei stafell wely.

Yn yr ysgol, dechreuodd Hector ofyn cwestiynau i'w athrawes. Gan na ddigwyddai hyn yn aml, roedd Señora Gonzalez yn hapus i'w hateb. Ac roedd y cwestiynau i gyd, yn rhyfedd iawn, yn ymwneud â deinosoriaid. Ar ôl holi am hyn a'r llall ynglŷn â nhw, dyma Hector, o'r diwedd, yn cael yr wybodaeth yr oedd wedi bod yn awchu amdani, sef pa fath o ddeinosor oedd wedi dod allan o'r wy yn ei stafell wely. Gwnaeth ymdrech arbennig i sgrifennu'r enw'n glir yn ei lyfr gramadeg:

# Gigantasawrws

Felly *dyna* beth oedd e. Rhuthrodd adre a darganfod bod y deinosor yn dal i gysgu'n braf yn ei wely, er ei bod yn anodd rhagweld am faint mwy y gallai gysgu, gan fod y coesau pren yn dechrau gwingo dan bwysau'r creadur. Cyn iddo ddihuno, clywodd Hector ei fam yn gweiddi ei enw'n groch o waelod y grisiau.

'Hector! Pwy fwytodd y bastai afal?' holodd yn ddig. 'Y pastai afal gyfan? Roedd hi'n ddigon mawr i fwydo ugain person oedd ar lwgu!'

Aeth Hector i lawr y grisiau gan wrido. Ond ni ddywedodd air. Meddyliodd am y deinosor diniwed, ond mawr iawn, oedd yn cuddio tu ôl i'r cwpwrdd dillad yn ei stafell wely, a'i gynffon hir yn ymestyn allan o'i waelod. Gan synhwyro bod rhyw ddrwg yn y caws yn rhywle, anfonodd ei fam ef i'r gwely'n syth, heb wybod mai'r hyn roedd Hector yn ei ddymuno fwya yn y byd oedd bod yn ei stafell wely am weddill y nos.

Ond pan gyrhaeddodd yn ôl i'w lofft, roedd llanast yn ei ddisgwyl. Caeodd y drws yn dynn ar ei ôl cyn sylweddoli bod y deinosor wedi bwyta'i sgidiau, yn ogystal â'i gêmau i gyd. Roedd bellach wedi dechrau cnoi coesau'r gwely, a byddai wedi bwyta'r goes gyntaf yn llwyr onibai bod Hector wedi gweiddi,

'STOP!!!!!'

Edrychodd y deinosor yn syn i gyfeiriad y bachgen bach. Roedd yntau'n poeni ei fod wedi gweiddi'n rhy uchel ac y byddai ei fam yn dod i weld beth oedd yn achosi'r holl stŵr. Ond yna, estynnodd Hector i'w fag ysgol lle roedd y nwyddau a brynodd

27

ar y ffordd adref y prynhawn hwnnw. Prin roedd Hector wedi tynnu'r dorth, yr afalau, yr wyth oren a'r tri phwys o datws melyn o'r bag cyn iddyn nhw gael eu llowcio'n gyfan gan y deinosor.

Gigantosawrws. Llond ceg o enw. Gormod o lond ceg. Roedd angen enw arall arno, meddyliodd Hector. Enw oedd yn haws i'w ddweud. Felly rhedodd Hector drwy restr sydyn o enwau yn ei feddwl. Gwyn. Jaime. Elvey. Roberto. Cyn setlo am yr enw Juan. Juan y gigantosawrws.

Edrychodd Juan yn ymbilgar arno. Er ei fod wedi bwyta'r dorth, yr afalau, yr orenau a'r tatws, roedd angen swper arno o hyd. Felly, bu'n rhaid i Hector rannu'r siocled oedd ganddo wedi'i guddio yn nrâr top ei gwpwrdd dillad ag e hefyd. A'r cnau mwnci roedd e'n eu cadw yn y jar o dan y gwely. Ond roedd y deinosor yn dal yn llwglyd. Yn llwglyd iawn, iawn, iawn, iawn, iawn. Roedd yn rhaid gwneud rhywbeth, meddyliodd Hector wrtho'i hun. A hwnnw'n rhywbeth mawr . . . clou!

Byddai unrhyw un a welodd y ddau ohonyn nhw'n cerdded ar hyd Calle Bolivar wedi synnu o weld blanced anferth yn hedfan i lawr y stryd wrth ochr bachgen bach cwbwl ddiniwed yr olwg. Ond drwy lwc, wnaeth fawr o neb ryw lawer o ffys. Dim ond rhyw bum munud gymerodd hi i gyrraedd yr hufenfa ar waelod y pentref. Ac yn ffodus, gwyddai Hector sut i fynd dan y ffens i mewn i gefn y ffatri. Bu bron i Juan fynd yn sownd wrth geisio llusgo'i hun oddi tani. Ond, gyda thipyn bach o help gan Hector, llwyddodd i ddod yn rhydd a chyrraedd un o'r drysau cefn yn eithaf didrafferth. Er nad oedd neb yn gweithio yn yr hufenfa yn ystod y nos, roedd y peiriannau'n dal i droi a sŵn slap, slap, slap y padlau gwneud caws yn atseinio drwy'r tywyllwch.

'Eistedda'n fan'na,' meddai Hector, gan bwyntio at gadair fetel gryf yr olwg. Daliodd Hector yn dynn yn un o'r pibau uwch ei ben a'i dynnu ei hun tuag ati. Ar ben y biben, roedd tap bach, ac ar ôl gosod diwedd y biben honno yng ngheg Juan, trodd Hector y tap a dechreuodd y llaeth lifo. Yfodd y deinosor heb anadlu am ddeng munud, bron, ac erbyn i Hector droi'r tap i ffwrdd unwaith eto, roedd bol yr anifail yn grwn fel balŵn, a gwên o bleser ar ei weflau mawr, tew.

'Dyna ni,' meddai Hector, 'well i ni fynd adre nawr.'

•   ●   •

Erbyn y bore, roedd Juan y deinosor wedi tyfu o leiaf droedfedd ar ôl yfed yr holl laeth y noson cynt. Nawr, roedd ei ben yn cyffwrdd â nenfwd stafell wely Hector, a'i gynffon yn bygwth torri drwy un o'r ffenestri bach wrth ochr y gwely. Er gwaethaf ei faint bygythiol, roedd rhyw anwyldeb yn ei lygaid, rhyw anwyldeb ac awgrym bach o hiraeth. Roedd golwg ar goll arno. Oherwydd hynny, ymddiriedai Hector yn llawn yn yr anifail bach roedd yn ei fwydo, ac roedd yn weddol sicr na fyddai Juan yn ei fwyta – hyd yn oed os byddai'n llwglyd iawn.

Nid oedd Hector am fynd i'r ysgol y diwrnod hwnnw. Roedd yn poeni am ei ffrind newydd ac hefyd am yr hyn a allai ddigwydd i'w stafell yn ei absenoldeb. Beth petai ei dad neu ei fam yn cerdded i mewn iddi. Go brin y gallai gadw Juan yn gyfrinach am lawer hirach. Ond mynd a wnaeth, ar ôl gofalu bod drws ei stafell ar glo unwaith eto.

Drwy'r dydd, edrychai Hector ar gloc y dosbarth bob rhyw ddwy funud. Tic.Toc. Tic. Toc. Llusgai'r amser yn araf y diwrnod hwnnw. Prin y clywai gwestiynau Señora Gonzalez, ond cyn gynted ag yr atseiniodd y gloch yn ei glustiau ar ddiwedd y dydd, tasgodd ar ei draed a rhuthro allan trwy glwyd yr ysgol. Roedd newydd droi'r gornel i mewn i'r stryd lle roedd e'n byw pan welodd . . . ben Juan yn edrych allan arno o dwll yn y to. Cyn gynted ag y gwelodd y deinosor Hector, gwnaeth y sŵn mwyaf aflafar a brawychus a glywodd neb erioed – fel sgrech cath wyllt, ond bod honno'n gath dri deg troedfedd o daldra ac yn dal i dyfu! Rhaid mai dyna sut mae gigantosawrws yn dweud 'helô!', meddyliodd Hector.

Cyn gynted ag y rhoddodd Juan y waedd, aeth y pentref yn hollol dawel. Yna, camodd yn rhydd o furiau'r tŷ, gan ddymchwel cartref Hector a'i deulu mewn llai nag eiliad – ei draed enfawr yn creu cymylau llwch wrth iddo stompio'n bwrpasol tuag at ganol y pentre, gan ddychryn pawb o'i gwmpas!

'Bwystfil!' gwaeddodd rhywun.

'Madfall maint mynydd!'

'Rhedwch am eich bywyd!'

Yn araf a phwyllog, cerddodd Juan y gigantosawrws at ymyl yr afon. Gydag un cam pwrpasol arall, cerddodd i mewn i'r dŵr oer, dwfn.

'Juan!' gwaeddodd Hector gan frwydro yn erbyn rhaeadr o ddagrau oedd yn llifo i lawr ei ruddiau.

Trodd y deinosor ei ben tuag ato am eiliad ac yna trodd i ffwrdd, ei gorff yn araf ddiflannu i ganol llif brown yr afon.

30

• YR ANIFAIL ANWES MWYA ENFAWR ERIOED ERIOED ERIOED •

'Juan!'

Gwyliodd Hector ffrwydrad o swigod yn codi i wyneb y dŵr. Doedd dim sôn am y deinosor. Ceisiodd gofio beth roedd e wedi'i ddarllen am y gigantosawrws yn y llyfr yn yr ysgol, ond yr unig beth a gofiai oedd ei fod yn bwyta cig ac yn byw mor bell yn ôl fel nad oedd neb yn cofio gweld yr un ohonyn ar y ddaear – dim hyd yn oed ei hen dad-cu, oedd yn 102 ac yn cofio cyfnod cyn ceir a phopeth!

Wrth fethu gweld unrhyw arwydd o Juan dan wyneb y dŵr dechreuodd corff Hector ysgwyd fel deilen.

Llifai'r afon. Canai'r adar eu cân. Eisteddodd y bachgen bach a'i lygaid yn sgleinio'n wlyb gan edrych ar ddim byd am amser hir iawn. Yna, penderfynodd gerdded am adref. Dilynodd y llwybr rhwng coed tal yr alamos oedd yn tyfu ym mhobman, yn ôl tua'i gartref. Gobeithiai weld olion traed Juan ar un o lannau mwdlyd yr afon, ond doedd dim byd i'w weld – dim siw na miw.

Yna, wrth iddo gyrraedd y tro yn yr afon lle'r arferai ei dad-cu bysgota, clywodd sŵn rhyfedd. Sŵn anarferol. Sŵn chwyrnu tawel, ond chwyrnu oedd yn ddigon i beri i'r tir dan draed Hector grynu'n ysgafn. Trodd i edrych tua'r afon. Yn raddol, daeth rhywbeth i'r golwg a sylwodd Hector ar olygfa gyfarwyddd. Oedd yn wir, roedd pen deinosor yn graddol wthio'i hun allan o'r dŵr ac yn symud tuag ato.

'Juan!' llefodd Hector. 'Juan! Rwyt ti wedi dod 'nôl!'

Ac roedd Juan fel petai'n gwenu wrth glosio at y lan a chynnig ei gynffon er mwyn i Hector ddringo ar ei gefn. Gan afael yn dynn yn y pigau rhyfedd a dyfai ar gefn y deinosor, llwyddodd Hector i ddal ei afael yn Juan wrth i hwnnw ddechrau symud drwy'r dŵr – yn raddol bach i ddechrau, yna'n gynt nag unrhyw long. O fewn munudau, roedden nhw allan yn y darn hwnnw o afon Camwy lle roedd hi ar ei mwyaf llydan. A dechreuodd Juan gyflymu eto.

Ymhen dim roedd y ddau ohonyn nhw allan yn y môr yn cael amser wrth eu bodd. Dyna ble dreulion nhw'r prynhawn yn rasio cychod hwylio ac yn chwarae gyda morfilod. Doedd Hector erioed wedi cael profiad tebyg i hwn o'r blaen. Roedd ar ben ei ddigon ac yn hapusach nag y bu erioed yn ystod unrhyw gyfnod arall yn ei fywyd. Er cymaint o helynt roedd Juan wedi'i achosi yn y pentref, roedd Hector yn sicr o un peth. Doedd e ddim am golli ei ffrind byth eto!

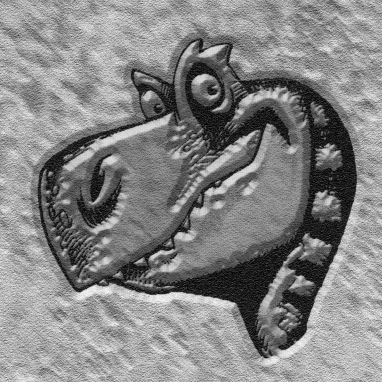

# Antur Fawr Oli

Llion Iwan

R oedd Oli'r diplodocws bach yn difaru gadael ei fam i fynd i chwarae yn y goedwig. Cafodd sawl cerydd ganddi am wneud hyn o'r blaen, ond roedd yn dal i wrthod gwrando arni. Roedd yn difaru hefyd na ddywedodd wrthi i ble roedd yn mynd. Ofnai na fyddai hi'n gadael iddo fynd i grwydro. Ond wedi'r cwbwl, roedd e'n chwech oed erbyn hyn a chredai ei fod yn ddigon hen i fynd am dro bach ar ei ben ei hun.

Wrth gwrs, fe gafodd hwyl am dipyn yn rhedeg, er mor fyr oedd ei goesau. Rhedai'n gyflym o goeden i goeden gan ddilyn sŵn ambell aderyn a chnoi unrhyw blanhigyn a oedd yn mynd â'i fryd. Ei hoff gêm oedd chwilio am ddeilen fawr werdd, chwythu'r pryfed oddi arni cyn ei chnoi'n araf. Ond doedd o ddim yn cael cyfle i wneud hynny'n aml. Pan fyddai gyda'i fam, byddai honno'n cadw llygad ar bopeth roedd e'n ei roi yn ei geg. Byddai'n rhaid iddo ofyn byth a beunydd a oedd hwn a hwn neu'r peth hyn a'r peth arall yn ddiogel i'w fwyta.

'Na! Oli,' fyddai ateb ei fam bob tro. 'Paid â bwyta hwnna! Tydi o ddim yn ddiogel!'

Ond nawr, roedd y diplodocws bach ar goll ac roedd ganddo boen yn ei fol. Roedd bron â chrio, ond ysgydwodd ei hun yn galed i'w rwystro rhag gwneud hynny.

'Na, tydi deinosor mawr byth yn crio,' meddai wrtho'i hun. Roedd ei geg yn sych ac yn llychlyd ac roedd syched arno. Erbyn hyn, nid oedd y goedwig yn teimlo'n lle mor braf, ac roedd y cysgodion yn dechrau ymestyn gan greu siapiau tywyll o'i amgylch oedd yn codi ofn arno. Gallai weld pelydrau'r haul yn taro trwy'r dail, wrth i hwnnw fynd yn is ac yn is yn yr awyr uwchben wrth baratoi i fynd i gysgu. Dyna ddywedai ei fam bob nos wrth wylio'r machlud. Dyheai am fod gyda hi a'i dad yn awr, yn swatio rhyngddyn nhw, gan adael iddyn nhw lanhau ei gefn â'u tafodau hir a chosi ei glustiau â'u hanadl boeth. Bu bron iddo â chrio eto.

Camodd heibio i lwyn trwchus o ddail gwyrdd, bychan ac yn sydyn, gwelodd bwll dŵr dwfn a rhaeadr fechan yn llifo i mewn iddo. Gwthiodd ei ben ymlaen yn awchus i yfed, cyn cofio rhybudd dyddiol ei dad.

'Paid byth â rhuthro at ddŵr. Cymer d'amser, ac edrych o gwmpas y lle'n gyntaf. Cofia fod yna nifer fawr o ddeinosoriaid eraill fysa'n falch o'n bwyta ni.'

'Ond Dad!' meddai unwaith. 'Pwy fyddai'n mentro trio eich bwyta chi a chithau mor fawr?'

'Hy! Mae digon ohonyn nhw 'sdi . . . a'r teiranosorws yw'r creadur peryclaf,' atebodd ei fam oedd yn gwrando'n dawel gerllaw, gan edrych i fyw llygaid ei mab. 'Mi fwytan nhw ni heb feddwl eilwaith, felly cymer di dy amser bob tro wrth yfed.

37

Os na fyddi di'n ofalus mi fedran nhw sleifio tu ôl i ti a dyna fydd dy ddiwedd di. Cofia nad ydyn ni'n medru clywed synau o'r tu ôl i ni'n dda iawn!'

'O! Pam na allai pob diplodocws gael clustiau go iawn?' gofynnodd Oli. Gwenodd ei fam.

'A pheth arall. Fedri di ddim nofio chwaith – rheswm arall dros gymryd gofal wrth yfed o bwll dŵr.'

Felly, dyna a wnaeth Oli. Tynnodd ei ben yn ôl yn gyflym i guddio yn y llwyn, ac yna edrych o'i gwmpas yn ofalus. Ysgydwodd ei ben yn daer i ddychryn y pryfed oedd wedi penderfynu casglu ar ei wyneb a'i gosi. Edrychodd i'r dde, ac yna i'r chwith. Dyna lwc. Dim byd ond coed, llwyni a phryfed yn hofran uwch y dŵr. Dim golwg o neb. Yna'n sydyn gwelodd bysgodyn yn neidio o'r dŵr i fwyta pryfyn cyn disgyn 'nôl i'r pwll gyda sblash gan anfon tonnau bychain draw tuag at Oli.

Camodd allan o'r llwyni, yn dal i edrych yn ofalus i bob cyfeiriad, cyn ymestyn ei wddf hir ymlaen nes y gallai ei dafod, o'r diwedd, gyrraedd y dŵr. Llowciodd yn gyflym a'i lygaid yn syllu o ochr i ochr o hyd. Cododd ei ben. Teimlai'r dŵr oer yn llifo drwyddo o'i geg i lawr drwy ei wddf i'w grombil. Dyna welliant.

Craffodd ar yr adlewyrchiad o'i wyneb yn y pwll. Wyneb crwn, gwyrdd, llygaid sgleiniog, direidus a thrwyn hir a dannedd gwyn – er nad rhai miniog. Dannedd perffaith ar gyfer cnoi dail a blodau o bob math, meddai ei fam wrth ei helpu i'w glanhau bob nos gyda darn o bren. Byddai'n dal y brigyn rhwng ei dannedd hi ac yn crafu ei rai ef yn lân. Edrychodd ar weddill ei gorff yn y dŵr. Roedd ei wddf a'i gynffon yn hir a'i fol yn grwn uwch pedair coes fach fer.

38

'Bw!' meddai wrth ei adlewyrchiad.
Gwenodd am eiliad cyn cofio'n sydyn
ei fod ar goll. Roedd ar ei ben ei hun bach
mewn coedwig, ac roedd yn dechrau
nosi. Cynyddai sŵn anifeiliaid ac adar y
nos, sŵn yr arferai fwynhau wrando arno
wrth fynd i gysgu, ond nid heno.

Edrychodd i lawr eto ar y dŵr i geisio
cysur o weld ei wyneb, a dyna pryd y
gwelodd yr wyneb arall. Llygaid bychain
du bob ochr i geg anferth, agored, a
rhesaid o ddannedd miniog yn disgleirio
yn yr haul. Crynodd Oli. Tyranosawrws!

'Naaaa!' gwichiodd gan geisio troi, codi
a rhedeg yr un pryd nes bod ei draed a'i
goesau bychain yn sglefrio i bob cyfeiriad.
Pam roedd yn rhaid i bob diplodocws fod
mor drwsgwl, wfftiodd wrtho'i hun.
Yr hen goesau bach byr a'r corff mawr
trwm oedd y drafferth, meddyliodd.
Llithrodd traed Oli ar y dail gwlyb a
disgynnodd i'r dŵr gyda sblash enfawr!

Roedd sioc yr oerfel yn ei frifo wrth iddo suddo'n ddiymadferth o dan y dŵr. Ni fu erioed dros ei ben mewn pwll o'r blaen. Ciciodd ei draed yn wyllt gan chwipio'i gynffon o ochr i ochr. Ond ni fedrai gyffwrdd y gwaelod. Suddodd i lawr ac i lawr fel carreg. Roedd yn boddi!

Estynnodd ei wddf nes bod ei ben bron â chyrraedd yr wyneb, ond roedd yn dal i fod dan y dŵr. Ni fedrai anadlu. Roedd ei ysgyfaint yn llosgi. Yna gwelodd geg y tyranosawrws yn agor ac yn ymestyn i mewn o dan y dŵr. Gwelodd y geg fawr yn agor a theimlodd y dannedd ar ei wddf.

O na! Roedd am gael ei fwyta ac yntau dan y dŵr! Ond cafodd Oli sioc. Gwasgu wnaeth y dannedd miniog, nid brathu, a theimlodd Oli ei hun yn cael ei dynnu allan o'r dŵr gan y deinosor arall a'i lusgo i'r lan. Gorweddodd y diplodocws bach yno am ychydig yn poeri dŵr ac yn rowlio o ochr i ochr wrth geisio sefyll. Ond llithrai ei draed i bobman ar y dail gwlyb. Tybed oedd y tyranosawrws wedi ei lusgo o'r pwll i'w fwyta ar y tir?

'Paid â 'mwyta i,' sgrechiodd Oli, 'plîs paid â mwyta i.' Roedd wedi blino'n lân ar ôl bod yn y dŵr a doedd ganddo ddim nerth ar ôl i godi ar ei draed. Safai'r tyranosawrws uwch ei ben yn edrych arno.

'Dy fwyta di? Fuaswn i ddim yn meddwl gwneud y fath beth, siŵr,' meddai gan chwerthin ac agor ei geg a dangos ei ddannedd.

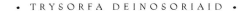

Sylwodd Oli nad oedd y creadur arall lawer mwy na fo wrth iddo lwyddo o'r diwedd i sefyll ar ei draed. Safai hwnnw ar ei ddwy droed ôl ac roedd ei ddwy fraich flaen yn fychan, fychan, fel breichiau ag ewinedd hir, miniog.

'Basa'n well i ddeinosors bach fel chdi gymryd mwy o ofal wrth bwll dŵr os nad wyt ti'n gallu nofio.' Roedd ei lais yn gyfeillgar ac roedd yn dal i chwerthin. 'Ond o leiaf bydd y dŵr yn helpu i'th ddeffro di o'th freuddwyd! Dwi wedi bod yn trio tynnu dy sylw di ers meitin!'

Dechreuodd Oli gerdded yn araf oddi wrth y tyranosawrws a chwilio am lwybr i ddianc. Nid oedd yn ymddiried yn y deinosor arall o gwbl.

'Os wyt ti am redeg i ffwrdd,' meddai'r llall wrth weld llygaid Oli'n dawnsio i bobman, 'yna cymer ofal! Mi fydd yn dywyll iawn yn fuan, ac rwyt ti'n siŵr o faglu dros yr holl wreiddiau yma sy' yn y goedwig. Buasai'n fwy diogel i ti aros yn fama heno, 'sti. Trio ydi fy enw i, gyda llaw, a dwi'n adnabod y goedwig yma'n dda iawn. Ond fuaswn i ddim yn mentro cerdded drwyddi yn ystod y nos. Tyrd efo fi, dwi'n addo na wna i dy fwyta di! Mae lle da i gysgodi draw yn fan'cw, a charreg fawr i dorri'r gwynt a digon o lwyni bychain i orwedd arnyn nhw.' A heb air arall,

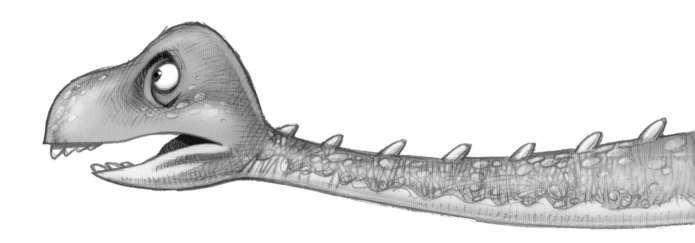

dechreuodd gerdded i ffwrdd. Ni wyddai Oli beth i'w wneud. Ond y gwir oedd, roedd Trio wedi achub ei fywyd, felly . . .

Clywodd grawc o'r coed gerllaw.

'Aa!' neidiodd mewn ofn a rhedeg ar ôl Trio'r Tyranosawrws. Ymhen dim, roedd Oli wedi sathru llwyni'n wastad braf i orwedd arnyn nhw tra oedd Trio'n gorwedd â'i gefn ar garreg fawr.

'Ond beth wyt ti'n ei wneud yma?' gofynnodd Oli. 'Deinosor bach ifanc wyt tithau hefyd, yndê?'

'Ia. Chwech oed.'

'Yr un fath â fi, felly.'

'Ond mae'n rhaid i ni ddysgu mynd allan ar ein pennau ein hunain yn ifanc iawn, 'sti. Dysgu hela ac ati. Dydy o ddim lot o hwyl, a deud y gwir. Ac mae'n unig iawn. Fel arfer bydd pawb yn rhedeg i ffwrdd pan fyddan nhw'n fy ngweld i,' ochneidiodd. 'Dim ond eisiau siarad ydw i. Chdi ydi'r deinosor bach arall cyntaf i fi siarad ag o erioed. A paid â phoeni, mae'n llawer gwell gen i fwyta pysgod na deinosoriaid, beth bynnag!'

Yna clywodd y ddau sŵn rhuo dwfn yn dod o grombil y goedwig. Ar unwaith, daeth sŵn rhuo arall i'w ateb fel eco, ond roedd y sŵn hwnnw'n dipyn agosach. Cododd Oli ar ei draed dan grynu.

'Paid â phoeni, Oli bach,' meddai Trio. 'Mi gododd ofn arna i y tro cynta i mi ei glywed hefyd.'

'Ond be ydy o, Trio,' gofynnodd Oli gan deimlo'i galon yn curo'n galed ac yn gyflym.

'Dim syniad, ond dwi wedi dysgu os gwnei di aros yn llonydd a pheidio â gwneud sŵn, yna fe fyddi di'n ddiogel.' Ond doedd Oli ddim yn teimlo'n ddiogel iawn.

'Ga i ddod i gysgu atat ti, Trio?' gofynnodd gan edrych yn ofnus o'i amgylch. Gwenodd Trio a defnyddio'i fraich fechan i amneidio ar Oli i glosio ato. A dyna wnaeth yntau, swatio wrth draed Trio. Cysgodd hwnnw ag un llygad yn agored, i warchod ei ffrind newydd.

• ● •

Fore trannoeth, deffrodd Oli gan deimlo'r haul ar ei wyneb. O flaen ei drwyn roedd pysgodyn. Roedd oglau rhyfedd arno a disgleiriai ei gorff yn yr haul. Gwelai ddiferion o ddŵr ar y corff arian, du a gwyn.

'Blasa fo, Oli! Wnaiff o ddim brathu, 'sti,' meddai Trio. 'Newydd ei ddal yn ffres y bore 'ma ydw i.' Daliai weddillion pysgodyn yn ei grafangau gan eu llyfu'n lân. 'Does dim byd gwell i frecwast. Blasa fo! Wnei di ddim difaru,' meddai eto.

'Na, dim diolch,' atebodd Oli, 'mi ga i wair a dail yn y munud. Well i fi geisio dod o hyd i'r llwybr i fynd 'nôl at Mam a Dad. Dwi'n meddwl y bydda i mewn trwbwl mawr am redeg i ffwrdd.'

'Dim problem, mae'r llwybr draw fan hyn. Tyrd, mi ddangosai o i ti,' meddai Trio gan bwyntio â'i drwyn dros ei ysgwydd.

Dilynodd Oli o drwy'r goedwig. Ymhen dim, roedden nhw'n gallu gweld y tir agored tu hwnt i'r coed. Ac yn sefyll yno, yn y canol yn brefu'n daer, yr oedd sawl diplodocws, yn cynnwys rhieni Oli.

'O! Dyna nhw!' meddai Oli gan neidio ar flaenau ei draed. 'Diolch yn fawr i ti, Trio! Dwi ddim yn gwybod beth fuaswn i wedi'i wneud hebddot ti.' Gwenodd Trio arno, er bod tristwch yn ei lygaid.

'Beth sy? Beth sy'n bod? Dwyt ti ddim yn edrych yn hapus iawn,' meddai gan edrych ar ei ffrind newydd.

'Dim byd. Dwi'n falch i fi lwyddo i dy helpu di i ddod o hyd i dy rieni. Ond dyna drueni hefyd. Mae'n siŵr na welwn ni'n gilydd byth eto,' meddai Trio gan ochneidio.

'Paid â bod yn wirion, wrth gwrs y gwelwn ni'n gilydd.' Edrychodd Trio arno'n obeithiol. 'Yli, dwi'n cofio'r ffordd ar hyd y llwybr i'r pwll ger y rhaeadr rŵan, ar ôl i ti ddangos y ffordd i mi. A dim ond i fi ddweud wrth Mam i ble dwi'n mynd a mod i 'nôl ar amser, mae'n siŵr y ca i ddod i chwarae ar fy mhen fy hun rywbryd eto.' Sythodd Trio fymryn wrth i wên ddechrau lledu ar draws ei wyneb.

'O ddifrif? Fe fyddai hynny'n wych! Dwi yna'n aml iawn, a mi wna'i ddysgu i ti sut i bysgota!'

'Iawn . . . dim ond os nad ydw i'n gorfod 'u bwyta nhw!' meddai Oli gan ddechrau rhedeg at ei deulu.

'Mi wela'i di mewn saith diwrnod 'te,' gwaeddodd Trio arno cyn camu 'nôl i'r goedwig dan wenu.

45

Roedd mam Oli mor falch o'i weld fel na wnaeth hi ddim ond llyfu ei gefn yn falch a chuddio'i dagrau. Er ei fod yntau'n falch o'i weld, fe gafodd Oli rybudd gan ei dad i beidio â bod mor wirion byth eto.

'A dwi am i ti addo na wnei di fyth redeg i ffwrdd fel yna eto,' ychwanegodd ei fam. 'Mae'n fwy diogel i ti aros efo fi a dy dad. Ti'n addo?'

'Ydw, Mam,' meddai Oli, gan stwfffio'i drwyn dan ei choesau a'i stumog lle roedd cwtsh bach cynnes, braf. Caeodd ei lygaid yn dynn a dechrau breuddwydio am weld Trio eto ger y pwll dan y rhaeadr.

# Amgueddfa'r Deinosoriaid

Hywel Griffiths

R oedd Deio'r diplodocws
A Ger y stegasawrws,
A Rhys y raptor bach yn byw
'Da Huw y brachiosawrws.

Mi oedd y criw yn hapus
Yn byw ar swêds a letys,
Ond roedd Rhys bach yn hoffi cnoi
Ar ambell foi anffodus.

Roedd to eu tŷ yn uchel
I'r pedwar ffrind gael mochel,
Er bod Huw yn gwthio'i ben
I'r nen, a bron â'i ddymchwel.

Roedd Ger yn cael probleme
Wrth iddo drio iste
Oherwydd bod y llafne main
Fel drain ar hyd ei gefn e.

Roedd Deio'n grac 'da'r drefen,
Yn gweiddi ac yn llefen,
Er bod ei ben e yn y lôn
Ro'dd 'i gynffon yn sied gefen.

Un diwrnod roedd y ffrindie
Yn y rŵm ffrynt yn iste.
Roedd Ger a Deio'n chware snap,
Cael nap roedd Huw yn rhywle.

Yn sydyn clywyd taran
Yn rhwygo'r aer gan glecian,
Yr awyr las yn duo'n llwyr
Fel pe bai'n hwyr tu allan.

Edrychodd Ger i fyny
A gweld yr haul yn pylu,
A gwibfaen enfawr ar ei ffordd
Fel gordd, a fflamau drosti.

Mi grynodd seiliau'r ddaear
A siglodd coesau'r pedwar,
Mi ddeffrodd Huw o'i drwmgwsg hir
A gweld y tir ar wasgar.

Roedd twll mawr yn y mynydd
A rhwyg mawr yn y meysydd.
Aeth y pedwar mas o'r tŷ
I rythu gyda'i gilydd.

52

Yn fud, aeth Ger a Deio,
A Huw a Rhys i sbio,
Ac wedi edrych am ryw awr
Bu siarad mawr, cyn neidio.

Trwy'r twll a heibio'r gomed
Yr aethant, ben i waered,
A theithio 'mlaen i'r flwyddyn hon –
Bu bron i'r criw gael niwed!

Uwchben y prom yn Aber
Agorodd dwll a hanner.
Mi syrthion lawr mewn dim o dro,
Cyn chwilio am eu swper.

Aeth Deio i'r archfarchnad
A bwyta ag arddeliad
Y pitsas, ffrwythau a'r ffa gwyrdd
A'r myrdd o lysie salad.

Aeth Ger i Gaffi Morgan
A gwasgu i sedd fechan.
Mi ruodd ar y cogydd syn
A gofyn am gael brechdan.

53

Aeth Huw i'r Light of Asia
Archebodd *veggie korma*,
*Saag aloo* a mynydd reis
A sbeis a sglods a bara.

Aeth Rhys, oedd yn ei elfen,
I gwrso sawl hwyaden,
Cyn mynd i hela ambell lo,
A llowcio clamp o stecen.

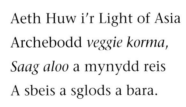

Roedd gwestai mawr yn ysgwyd
A chnydau maith yn symud,
Roedd trefi mawr a chefen gwlad
Mewn stad o lanast enbyd.

Roedd ambell awstrosorws
Yn bwyta ŷd y storws,
Ac ambell ddafad yn y cawl
I sawl tyranosawrws.

Ar ôl cael llenwi'u bolie,
Mi aeth y criw o ffrindie
I gysgu'n braf ar Draeth y De
A'r dre 'di malu'n ddarne.

Mi deffrodd Llŷr yn sydyn
A gweld o'i gwmpas wedyn
Yr esgyrn mawr mewn neuadd faith
A'i waith o'i flaen yn 'mystyn.

# Sioe'r Deinosoriaid

Ifan Morgan Jones

'**B**eth ddaeth gynta, y deinosor neu'r wy?'

'Yr wy, wrth gwrs. Mae pawb yn gwybod bod deinosor yn dod o wy.'

'Ond heb y deinosor fyddai yna neb i ddodwy'r wy!'

'Paid â bod yn wirion! Mam! Mae Trefor yn bod yn wirion eto!'

'Nag ydw ddim!'

'Wnewch chi'ch dau fod yn dawel,' gwaeddodd eu mam o'r gegin. 'Alla i'm eich gadael chi am eiliad heb i chi ddechrau ffraeo. Os nad ydych chi'n gallu trafod yn gall, bwytwch eich wyau'n dawel.'

Stopiodd dadl Trefor a'i frawd mawr, Aled, yn syth, a bwytaodd y ddau eu hwyau gŵydd heb yngan yr un gair, gan ddychmygu eu bod nhw'n llowcio wyau deinosoriaid.

Doedd dim byd yn mynd dan groen Trefor yn fwy na'i frawd. A chwarae teg, roedd *o*'n arbenigwr am fynd dan groen Aled hefyd. Beth oedd yn mynd dan groen y ddau fwyaf oedd gweld y llall yn llwyddo. A dyna oedd man cychwyn y ddadl yma. Roedd Trefor ac Aled yn byw ar fferm Adda Goch, ar ben bryn ger Bontnewydd-ar-Wy. Roedd y ddau wrth eu bodd yn byw ar fferm a doedd dim yn well ganddyn nhw nag edrych ar ôl anifeiliaid a'u gweld nhw'n tyfu.

Fe fyddai'r ddau hefyd yn cystadlu'n frwd yn Sioe Amaethyddol Bontnewydd-ar-Wy bob blwyddyn. Dyma un o uchafbwyntiau'r flwyddyn i'r teulu a'r ardal gyfan. Roedd eu tad wedi rhoi ei ŵydd sioe orau i Aled – yr union ŵydd oedd wedi dodwy eu brecwast y bore hwnnw – gan ddweud wrtho, 'Dy gyfrifoldeb di ydi edrych ar ôl yr ŵydd yma drwy gydol y flwyddyn a mynd â hi i'r sioe.'

Roedd Trefor, oedd braidd yn swil a dihyder, hefyd wedi cael anifail gan ei dad. Ond nid gŵydd gafodd o'n anrheg i fynd i'r sioe, ond mochyn cwta. Mochyn cwta o'r enw Bolgi. Ac un digon blêr oedd o hefyd – un oedd yn dianc yn aml ac yn dod yn ôl am ei ginio â'i flew'n faw ac yn wellt i gyd. Doedd o byth yn cynhyrchu dim byd bwytadwy chwaith – i'r gwrthwyneb! A pha faint bynnag roedd Trefor yn ei frwsio a'i lathru â siampŵ cyn Sioe Amaethyddol Bontnewydd-ar-Wy, doedd o erioed wedi dod yn agos at ennill y wobr gynta.

Yn y cyfamser, roedd Aled wedi ennill sawl gwobr gyntaf dros y flwyddyn neu ddwy ddiwethaf, a'r rheini wedi'u hongian yn falch uwchben y lle tân gan ei rieni. Roedd Trefor, wrth gwrs, yn llawn eiddigedd, a gwyddai na fyddai byth yn llwyddo gyda'i hen fochyn cwta bach, blonegog.

'Rhaid i ti ddal ati,' meddai ei dad wrtho. 'Dyfal donc a dyr y garreg.'

'Ond dydi'r mochyn cwta 'ma'n dda i ddim,' cwynodd Trefor. 'Y cwbl mae o'n ei wneud ydi bwyta'n ddi-baid a magu bol. Bolgi!'

Ond wrth fwyta ei wy gŵydd y bore hwnnw, roedd Trefor wedi cael syniad. Roedd gŵydd yn dodwy wy, ond roedd gŵydd yn deor o wy hefyd, meddyliodd. Beth am iddo ddwyn un o wyau gŵydd ei frawd, ac yna fe fyddai ganddo ŵydd gystal, os nad gwell, ei hun?

Dychmygodd ei hun yn cipio'r wobr gyntaf yn y sioe amaethyddol nesa. Hy! Hoffai weld wyneb ei frawd wedyn!

59

Roedd yr ŵydd yn byw yn yr hen sgubor ym mhen pella'r clos, ac yn syth ar ôl gorffen ei frecwast fe aeth Trefor draw yn ysgafndroed a sbecian drwy'r drws. Gallai weld pentwr o duniau o bob math ac offer amaethyddol eraill yn erbyn un o'r waliau cerrig. Cofiodd fod ei dad wedi'i rybuddio sawl gwaith i beidio â mynd i mewn yno. 'Mae pob math o gemegau a phlaladdwyr peryg yn cael eu cadw yn y sgubor 'na,' dwrdiodd. 'Duw a ŵyr beth fyddai'n digwydd pe baech chi'n cyffwrdd ynddyn nhw.'

Er hyn, roedd Trefor yn benderfynol o gipio un o'r wyau, felly sleifiodd i mewn. Hen beth blin oedd yr ŵydd, ac roedd ei hymateb pan âi Trefor yn agos at ei nyth yn ddigon tebyg i ymateb ei frawd pan âi'n rhy agos at ei stafell wely. Cyn gynted ag y gwelodd Trefor, dechreuodd grawcian yn wyllt arno a chwifio'i hadenydd uwch ei phen.

'Bydd dawel!' sibrydodd Trefor gan godi ei fys at ei wefus, yn poeni y byddai ei dad neu ei frawd yn ei glywed o'r tŷ. 'Dim ond un wy rydw i ei eisiau – fe gei di gadw'r gweddill.'

'Crawc!' meddai'r ŵydd a cheisio'i bigo â'i phig.

Camodd Trefor heibio i'r pentwr uchel o fwcedi yng nghornel y sgubor a chydio yn un o'r wyau mawr, trwm oedd yno.

Yna teimlodd boen mawr a bu bron iddo ollwng yr wy a sgrechian – roedd yr ŵydd wedi'i frathu yn ei ben-ôl!

Syrthiodd tuag yn ôl i ganol y pentwr o duniau a disgynnodd y rheini'n bendramwnwgl ar lawr. Clywodd gemegau'n slochian a disgyn o'i amgylch a chydiodd yn yr wy a'i baglu hi oddi yno.

60

Clywodd sŵn traed ar y buarth y tu allan a bu'n rhaid iddo ffoi i fyny un o ysgolion y sgubor a mynd i guddio yn y gwair, gan ddal i gydio yn yr wy.

'Go drapia,' meddai ei dad wrth weld y pwll o gemegau gwyrdd oedd yn ymledu rhwng y cerrig ar lawr y sgubor. 'Ti sy'n gyfrifol am y llanast yma, ife?' gofynnodd gan bwyntio bys bygythiol i gyfeiriad yr ŵydd. 'Mae yna chwe mis tan y Nadolig, a bydd rhaid i ti ddechrau bihafio cyn hynny, neu fe fydd y twrci'n cael byw am flwyddyn arall!'

Poerodd yr ŵydd i gyfeiriad y ffarmwr a gwyddai Trefor ei fod yn saff am y tro. Ar ôl i'w dad glirio'r llanast a mynd i gael ei frecwast yntau sleifiodd Trefor i lawr yr ysgol ac ar draws y buarth. Aeth i mewn drwy ddrws cefn y tŷ ac i fyny'r grisiau i'w stafell. Trodd y rheiddiadur ymlaen i'r gwres uchaf a rhoi'r wy i bwyso yn ei erbyn, a threfnu pentwr o glustogau o'i amgylch.

'Dylet ti fod yn ddigon cynnes fan'na,' meddai'n famol.

Yna, aeth i'r ysgol, a threulio'r diwrnod cyfan yn pryderu y byddai rhywun yn dod o hyd i'r wy. Dim ond yn ystod ei wersi gwyddoniaeth roedd yn gwrando, a hynny am ei fod eisoes wedi penderfynu mai milfeddyg oedd o am fod ar ôl gadael yr ysgol.

Dysgodd sawl ffaith ddiddorol yn y gwersi hynny, gan gynnwys bod pob anifail wedi esblygu dros filoedd o flynyddoedd yn anifeiliaid eraill. Roedd hyd yn oed hen ŵydd ei frawd yn arfer bod yn ddeinosor!

Ar ôl cyrraedd adref aeth ar ei union i fyny'r grisiau a gweld bod yr wy yn dal yno.

Ar ôl gwneud ei waith cartref yn frysiog a bwyta'i swper, dringodd i mewn i'w wely

61

ei hun a diffodd y golau. Dim ond bryd hynny y sylwodd ar y wawr werdd ryfedd o amgylch yr wy – roedd bron â bod yn goleuo yn y tywyllwch!

'Mae'n rhaid bod rhai o'r hen gemegau rhyfedd yna wedi disgyn ar yr wy,' meddai wrtho'i hun.

Dros yr wythnosau nesaf gofalodd yn dyner am yr wy. Serch hynny, doedd dim golwg deor arno, ac roedd yn dal i sgleinio'n wyrdd fel marblen.

Dechreuodd Trefor bryderu na fyddai ei ŵydd yn barod ar gyfer y sioe amaethyddol y flwyddyn honno. Ond allai o ddim goddef gweld wyneb buddugoliaethus ei frawd yn glaswenu arno unwaith eto ac fe benderfynodd ddal ati i ofalu amdano.

Roedd yna rywbeth arall rhyfedd am yr wy. Roedd yn tyfu'n fwy o hyd. Cyn hir roedd yr wy wedi tyfu'n rhy fawr i'w guddio yn ei stafell, felly pan aeth ei rieni a'i frawd i weld ei fam-gu un diwrnod smaliodd ei fod yn sâl er mwyn cael aros gartref. Symudodd berfa lawn gwair y tu allan i ffenest ei stafell a gwthio'r wy drwyddi. Disgynnodd hwnnw i mewn i'r ferfa'n saff.

Doedd yna unlle amlwg i'w guddio ar y fferm, felly aeth â'r wy yn y ferfa i ganol y goedwig ym mhen draw'r cae pellaf. Gwthiodd y ferfa ymhell i mewn i'r coed, dros y gwreiddiau trwchus dan draed, cyn gadael yr wy ar wely o fwsogl wrth droed hen dderwen fawr. Gobeithiai y byddai plisgyn yr wy yn ddigon trwchus i wrthsefyll crafangau miniog y llwynogod.

Dros yr wythnosau nesaf sleifiai i lawr yn achlysurol i gadw golwg ar yr wy. Pan dywynnai'r haul ar wyneb yr wy drwy frigau'r coed, roedd yn siŵr y gallai weld rhyw gysgod yn symud y tu mewn iddo.

62

Daeth penwythnos y sioe o'r diwedd a sylweddolodd Trefor nad oedd gobaith i'w ŵydd fod yn barod wedi'r cwbl.

Roedd ei frawd yn brysur yn paratoi'i ŵydd ei hun a'i dad yn paratoi ambell darw ond doedd gan Trefor fawr o awydd gwneud dim gan fod ei gynllun wedi methu.

'Pam nad wyt ti'n paratoi Bolgi ar gyfer y sioe?' gofynnodd ei fam.

'Does gen i ddim awydd cymryd rhan eleni,' meddai'n bwdlyd. 'Ewch chi yn eich blaenau ac fe wna i aros ar y fferm.'

'Nid cystadlu yw popeth, Trefor. Mae yna ddigon o bethau eraill i'w gwneud yn y sioe.'

'Dw i ddim eisiau mynd.'

Ysgydwodd ei rieni eu pennau'n siomedig a thwt-twtian ond arhosodd Trefor gartref tra oedd gweddill y teulu yn y sioe. Doedd ganddo ddim awydd aros yn y tŷ, felly crwydrodd at y goedwig i chwilio am yr wy anferth.

Roedd yn rhy fawr i'w symud bellach ac wedi gwthio'r hen dderwen tuag yn ôl fel bod hanner ei gwreiddiau wedi'u rhwygo o'r tir.

'Pam na wnei di ddeor?' gofynnodd yn rhwystredig a rhoi cic go hegar i'r wy. Roedd ei blisgyn fel dur a wnaeth o ddim hollti, ond ysgydwodd yn ei unfan a chyda sŵn cracian mawr disgynnodd yr hen dderwen i'r llawr.

Dechreuodd yr wy droi yn araf bach, ond cyn i Trefor fedru ei atal roedd wedi cyflymu ac yn rowlio i lawr y bryn, gan wasgaru'r coed eraill bob ochor iddo.

Fe aeth yr wy dros y ffens ar waelod y cae a gwelodd Trefor o'n diflannu i lawr y dyffryn. O ben y bryn gallai weld pebyll y sioe, ac i'r cyfeiriad hwnnw yr aeth yr wy.

63

O fewn munudau roedd wedi rowlio drwy'r maes parcio, drwy'r ffens ac i mewn i un o'r caeau arddangos.

Rhedodd Trefor ar ei ôl drwy'r dyrfa o bobol oedd yn edrych yn syn a'r anifeiliaid oedd yn ffoi i bob cyfeiriad, wedi eu drysu'n lân gan yr wy anferth oedd wedi dod i stop o'r diwedd yng nghanol mwd y cylch arddangos.

'Beth goblyn ydi hwnna?' gofynnodd y stiwardiaid wrth gyrraedd y cylch yn eu cotiau gwyn.

'Fy wy i ydi o!' meddai Trefor gan sefyll rhyngddyn nhw. Ar ôl yr holl wythnosau'n gofalu amdano, roedd yn teimlo cyfrifoldeb drosto. 'Wy gŵydd ydi o.'

'Paid â bod yn wirion, mae hwn yn llawer mwy nag wy gŵydd! Mae'n edrych fel wy creadur llawer mwy – eliffant neu rywbeth!'

'Ydi eliffantod yn dodwy wyau?' holodd y stiward arall yn syn.

'Wel, rhyw anifail anferth beth bynnag. Sioe i anifeiliaid fferm yw hon, hogyn, nid Sw Bae Colwyn! Bydd rhaid gwneud omled ohono, neu rywbeth – all o ddim aros fan hyn . . .'

'Chewch chi ddim!' meddai Trefor. Ceisiodd wthio'r wy yn ôl, ond roedd o deirgwaith ei faint ac yn sownd yn y mwd.

Bryd hynny sylwodd fod gwaelod yr wy, lle roedd hi wedi taro'r llawr, wedi hollti, a bod rhyw hylif llaethog yn gollwng ohono. Am eiliad roedd Trefor yn ofni'r gwaethaf. Ond yna lledodd yr hollt ar hyd ymyl yr wy ac, wrth i'r dyrfa glosio i wylio, holltodd yr wy yn ei hanner.

Doedd yr hyn ddaeth i'r golwg ddim yn ŵydd o gwbl. Ddim hyd yn oed yn ŵydd anferthol. Yn hytrach na phlu llwyd roedd yna groen cennog gwyrdd, ac yn lle pig roedd ceg hir yn llawn dannedd miniog.

Llygadodd y creadur erchyll y dyrfa a rhuo.

'Waaaa, mae'n mynd i'n bwyta ni!' meddai stiwardiaid y sioe, gan droi ar eu sodlau a ffoi. 'Deinosor ydi o!'

65

Ni symudodd Trefor, dim ond sefyll yn ei unfan mewn braw wrth i'r creadur gamu drosto a stompio i gyfeiriad y dyrfa oedd yn gwasgaru i bob cyfeiriad, ei draed yn gadael olion enfawr yn y mwd.

'Raaaar!' meddai a diflannu heibio eisteddle'r prif gylch. Roedd o'n amlwg wedi gweld rhywbeth blasus ac yna clywodd Trefor ambell fref a gwich cyn i'r deinosor ymddangos ar y pen arall yn crensio rhywbeth rhwng ei ddannedd mawrion.

Pan welodd Trefor hynny anghofiodd ei ofn a phenderfynu mai ei gyfrifoldeb o oedd atal y creadur, wedi'r cwbl. Ond wrth straffaglu ar draws y cae mwdlyd, gwelodd ei dad a'i fam a'i frawd yn rhedeg tuag ato, eu hwynebau'n llawn ofn.

'Mae o wedi bwyta fy ngŵydd i!' meddai ei frawd, a dagrau yn ei lygaid.

'Mae hyn yn erchyll!' meddai un o'r beirniaid. 'Mae o eisoes wedi bwyta bochdew Leusa Maesafallon. Ac mae o wedi sefyll ar Land Rover y llywydd!'

'Bydd rhaid galw'r fyddin i saethu'r creadur,' meddai tad Trefor.

'Na, gadewch iddo fod!' meddai Trefor. 'Fy neinosor *i* ydi o.'

Rhedodd a'i wynt yn ei ddwrn i gyfeiriad y creadur oedd yn rhuthro drwy'r stondinau ym mhen draw maes y sioe.

'Hei! Hei, ti!' galwodd Trefor arno, wrth i'r deinosor gladdu ei drwyn mewn stondin oedd yn gwerthu cig oen a selsig.

Er syndod i Trefor, cododd y deinosor ei ben ac edrych arno'n chwilfrydig gan ffroeni'r awyr.

'Paid â bwyta dim byd! Hogyn drwg!' meddai Trefor.

Agorodd y deinosor ei geg a llyfu ei weflau. Dyna ni, dwi'n siŵr o gael fy mwyta nawr, meddyliodd Trefor.

Ond yna plygodd y creadur ei ben tuag ato a gwthio'i drwyn yn serchog yn erbyn ei fol.

'Paid . . . beth wyt ti'n ei wneud?' gofynnodd Trefor. Trodd y deinosor ei ben ac edrych yn ddisgwylgar arno. 'Pwylla, wnei di!'

Plygodd y creadur ei goesau mawr oddi tano ac eistedd i lawr, gan wasgu un o'r stondinau dan ei ben-ôl.

'Wps!' meddai Trefor. 'Cod i fyny, yn gyflym!'

Cododd y deinosor ar ei draed yn ufudd.

'Wel myn diawl i,' meddai llywydd y sioe wrth redeg draw. 'Mae'n rhaid dy fod ti wedi treulio llawer iawn o amser yn edrych ar ôl y creadur yma. Mae'n hynod o ufudd, yn gwrando ar bob gair!'

67

• TRYSORFA DEINOSORIAID •

'Ydi,' atebodd Trefor.

'Yn fwy ufudd nag unrhyw gi rydw i wedi'i weld erioed! Rydw i ar fin beirniadu'r sioe gŵn defaid pnawn 'ma. Wyt ti'n meddwl y gallet ti ennill, grwt?'

'Fe alla i drio!' meddai Trefor yn falch.

Fydd neb oedd yn bresennol yn Sioe Amaethyddol Bontnewydd-ar-Wy y flwyddyn honno yn anghofio'r diwrnod hwnnw, a'r ffordd y llwyddodd y deinosor i gorlannu'r defaid mor gelfydd. (Roedd ambell un yn dweud bod y defaid yn brwydro i gyrraedd y gorlan cyn i'r deinosor ruo unwaith.)

Ac fe aeth Trefor adref y diwrnod hwnnw â llond trol o wobrau. Roedd hyd yn oed Bolgi'r mochyn cwta wedi dod yn ail – dim ond fo oedd yn cystadlu'r flwyddyn honno, ond dyna ni . . .

Ymgartrefodd y deinosor yn y goedwig ger y fferm, a chafodd teulu Trefor fwynhau sawl wy anferth i frecwast am flynyddoedd lawer wedyn.

69

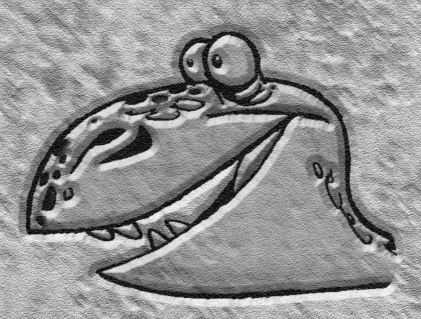

# Dyddiadur Deinosor

Ion Thomas

O'r diwedd! Dwi wedi darganfod pwrpas i 'nghynffon galed. Dwi wedi bod yn ei llusgo tu ôl i mi erioed ac wedi baglu drosti fwy nag unwaith. Dwi wedi colli amynedd gyda hi droeon. Ond nawr, diolch amdani. Ac mae'r diolch i Diplo Dal.

Mae pen Diplo yn y cymylau drwy'r dydd. Fel arfer mae'n canmol y dail ar frig y coed, ac yn dweud, 'Maen nhw mor ffres, mor dyner, bechod nag wyt ti'n gallu'u cyrraedd nhw.' Ond dyw rhannu'r bwyd ddim yn croesi ei feddwl. O na! Un barus yw e wedi bod erioed. Yn cnoi'n ddiddiwedd ac yn siarad a'i geg yn llawn. Mae'n gwybod yn iawn mod i'n gorfod byw ar y dail prin o gwmpas ei ysgwyddau a'r briwsion. Dwi'n gorfod gwrando ar ei ddisgrifiadau o'r byd o gwmpas. Ie, un ffroenuchel yw e. Ac mae'n gwneud i mi deimlo'n fach ac yn ddiwerth.

Wel, fe gafodd e sioc heddiw. Fe gwympodd cneuen fawr o frig un o'r coed talaf oedd yn cael eu llarpio ganddo, ac wrth iddi ddisgyn tuag ata i, dyma fi'n chwipio 'nghynffon ati'n flin. Chwap. Tasgodd y gneuen gan chwyrlïo drwy'r awyr. Hedfanodd yn syth fel mellten at ben Diplo. Dim ond trwch asgell gwybedyn oedd ynddi. Aeth hi heibio iddo. Edrychodd Diplo'n syn arna i. 'Hei!' meddai yn ei lais gwichlyd. 'Bu bron i ti fy waldio. Gwylia di, yr hen chwiposawrws.'

Ar y pryd roedd Tera yn hedfan uwchben yn cadw llygad ar bethau rhag ofn y byddai tamaid blasus yn ymddangos yn rhywle. Lwcus ei bod hi'n wyliadwrus achos bu bron i'r gneuen ei waldio a'i llorio. Newidiodd ei chwrs gyda sgrech.

Ac mae fy mywyd i wedi newid.

Roedd hi'n eiliad wych. Yn eiliad o ddarganfod fy mhŵer a'm gallu. Yn eiliad o sylweddoli 'mod yn chwiposawr. A dyna pryd ddechreuon ni chwarae gêm cricosor.

Wedi ychydig o anogaeth, peniodd Diplo'r goeden eto, a dyma gneuen fawr arall yn disgyn. Fe sbonciais ati cyn hanner troi a chwipio 'nghynffon. Clec! Chwyrnellodd y gneuen drwy'r awyr. Lledodd cyffro mawr drwy'r ardal wrth i rai o'r deinosoriaid mwyaf ofnus a sensitif redeg i ffwrdd. Rhedodd eraill ar eu hôl. Crynai'r coed a'r dail mawr wrth i rai ohonyn nhw geisio dal y gneuen.

Dyma fi'n taro'r un nesaf, ac fe chwyrnellodd a throellodd honno oddi ar y goeden. Rhuthrodd tri chwimosawrws amdani. Ond fe laniodd yng ngheg y brenin ei hun – Recs. Edrychodd ar y tri chwimosawrws, cyn chwalu'r gneuen rhwng ei ddannedd miniog.

Roedd y brenin ei hun wedi gosod y safon. Y gamp oedd dal y gneuen yn eich ceg.

Roeddem ni i gyd yn dechrau cael hwyl. Diplo yn rhoi hergwd i'r coed tal a'r cnau yn disgyn. Ambell dro disgynnen nhw'n gawodydd ac fe lwyddwn i daro tair â'r un chwip. Byddai'r maesosoriaid yn heidio am y cnau.

'Ga i chwarae?' holodd bolasawrws. Roedd hi'n amlwg ei fod yn torri ei fol eisiau chwarae'r gêm. Ond roedd ganddo broblem.

Yn gyntaf, doedd ganddo ddim cynffon. Yn ail, doedd e ddim yn medru rhedeg yn gyflym.

Esboniais y sefyllfa iddo a sylweddoli ei fod yn siomedig ac yn rhwystredig. Fyddai hwn byth yn llwyddo i gael gafael ar gneuen. Gwyddai hynny. Felly trodd ar ei union ac wrth gerdded i ffwrdd dyma fe'n gwneud y sŵn mwyaf brawychus a wnaeth i bawb rewi yn yr unfan. Roedd wedi torri gwynt. Wrth iddo wthio'i ffordd drwy'r planhigion clywais sŵn llawer uwch a mwy main. Llanwyd yr awyr ag arogl digon sur. Deallais yn syth. Roedd y bolasawrws yn medru chwibanu drwy ei ben-ôl. Nid chwiban denau, lawn gwynt a ddiflannai gyda'r awel, ond corn rhyfeddol a wnâi i'r ddaear grynu. A chan ei fod ychydig yn flin roedd yr arogl yn sur. Bron na theimlwn yn benysgafn. Ond gwyddwn o'r eiliad honno fod gan y bolasawrws ran i'w chwarae yn y gêm.

74

'Hei!' gwaeddais ar ei ôl. 'Cei di gadw trefn ar bethau.'

Deallais yn gyflym ei fod yn medru creu seiniau gwahanol. Fe gytunon ni ar bedwar chwibaniad. Un dwfn i ddechrau'r gêm. Un uchel, main i nodi egwyl a chyfle i symud a chwilio am goed a chnau newydd. Un dwfn, dau nodyn, wrth i rywun fethu cael gafael ar gneuen, a chwibaniad hir i ddathlu daliad hynod o dda neu ergyd anghyffredin o bell neu galed.

Cyn bo hir roedd nifer o ddeinosoriaid yn gofyn am gael tro i chwipio'u cynffonnau. Roedd sawl un eisiau gwersi wrth weld bod taro cneuen yn gofyn am amseru da ac anelu cywir.

Roedd cymaint o hwyl i'w gael, â mwy a mwy yn cythru ar ôl y cnau. Cyn bo hir

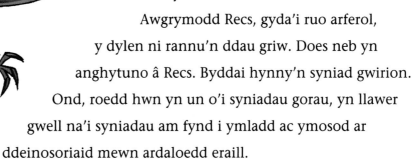

aeth pethau ychydig yn flêr. Llanwyd yr awyr ag oglau amheus Diplo a synau mawr, rhybuddiol. Gwelwyd ambell ddeinosor yn cwyno ei fod wedi cael ei faglu neu ei wthio oddi ar y gneuen. Honnai ambell un arall ei fod wedi cael ei rwystro.

Awgrymodd Recs, gyda'i ruo arferol, y dylen ni rannu'n ddau griw. Does neb yn anghytuno â Recs. Byddai hynny'n syniad gwirion. Ond, roedd hwn yn un o'i syniadau gorau, yn llawer gwell na'i syniadau am fynd i ymladd ac ymosod ar ddeinosoriaid mewn ardaloedd eraill.

75

Ymhen amser roedd dau dîm wedi ymffurfio.

Raptor oedd capten eu tîm nhw – deinosor enfawr oedd yn hoffi clywed ei lais ei hun ac yn mynnu bod yn ganolbwynt pob sefyllfa a sgwrs.

Ac roedd ei ffrindiau naill ai'n gefnogwyr bach a hoffai guddio yn ei gysgod neu'n ddeinosoriaid eraill uchel eu cloch. Roedden nhw'n honni eu bod yn llawer gwell na'n tîm ni.

'Does dim ffiniau i'w gynffon,
does dim ffiniau i'w nerth,
bydd pob cneuen 'di hedfan
draw i'r gorwel neu'r berth.'

Dyna oedd eu cân. A rhaid cyfaddef, roedd gan y raptor gynffon enfawr.

Edrychais o gwmpas ar fy nhîm i. Roedden ni dipyn llai na mawrion y raptor a'i griw.

'Cricosor,' cyhoeddodd Recs.

Dechreuodd y bolasawrws gadw sŵn byddarol. Gwelwn Diplo yn y pellter yn ysgwyd rhyw goeden.

'Barod? Canolbwyntiwch!' gwaeddais i geisio cael sylw pawb.

Gwelwn smotyn du yn graddol dyfu yn yr awyr. Yna clywais y glec. Roedd y gêm wedi dechrau. Teithiai'r gneuen hon yn anhygoel o gyflym. Roedd y raptor yn amlwg yn medru defnyddio'i gynffon yn effeithiol. Dechreuodd rhai o'r maesoriaid redeg am yn ôl.

Roedd eraill yn gegagored, yn amlwg yn meddwl sut ar y ddaear roedden nhw'n mynd i gael gafael ar y gneuen oedd yn symud mor gyflym â chomed! Byddai hi wedi diflannu i ryw gors neu goedwig.

Wrth i ni syllu ar un gneuen, fe wnaethom sylweddoli bod eraill yn yr awyr. Roedden nhw fel cenllysg. Rhaid bod gan y raptor sawl clatsiosawrws yn ei garfan. Roedd rhai o'n deinosoriaid llai wedi dechrau cilio a chwilio am ogof i gysgodi. Fedrwn i ddim eu beio. Wedi'r cyfan, efallai y bydden nhw'n cael eu hanafu.

Cadwai Bolasawrws lygad ar bethau, ond yno hefyd yn gwylio ac yn chwerthin oedd Recs. Roedd e'n gweld yr ochr ddoniol. Rhai yn sgrialu mas o'r ffordd. Eraill yn ceisio'u gorau glas i gael gafael ar gneuen.

Daeth un genuen tuag ataf a chyn i mi fedru meddwl beth i'w wneud, glaniodd yn fy ngheg.

77

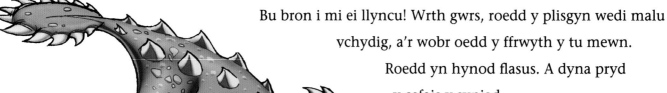

Bu bron i mi ei llyncu! Wrth gwrs, roedd y plisgyn wedi malu
vchydig, a'r wobr oedd y ffrwyth y tu mewn.

Roedd yn hynod flasus. A dyna pryd
y cefais y syniad.

Galwais y maesoriaid at ei gilydd. Roedd
hyn yn dipyn o gamp oherwydd roedd
rhai wedi crwydro'n bell i chwilio am
y cnau. Esboniais fy nghynllun. Aeth ceibosawrws ati ar ei union i gloddio'r pridd.
Cyn bo hir roedd ganddo dipyn o dwll.

Wrth i bawb ddod at y twll fe fydden nhw'n gollwng cneuen i mewn i'r twll.
Yna fe fyddai pawb yn pi-pi i mewn iddo. Cyn bo hir dôi'r tawch mwyaf cryf ac
annymunol o'r llyn bach melyn. Yn arnofio ar wyneb yr hylif roedd y cnau.

Cyn bo hir daeth pawb oedd wedi mynd i guddio yn ôl, a chyfrannu'n nerfus i'r
pwll cnau. Yna, canodd y bolasawrws y corn i gyhoeddi bod ein cyfnod ni yn dechrau.

Camodd y carffosawrws at ymyl y pwll. Gollyngodd ei gynffon ryfedd, blaen fflat
i'r cawl afiach. Ffliciodd hi allan o'r hylif drewllyd gan godi'r gneuen, a dyma fi'n
chwipio'r gneuen. Wrth iddi droelli gwelwn y diferion yn tasgu oddi arni yn gawod
frwnt cyn iddi ddiflannu i geg y raptor ei hun. Gwelsom y creadur balch yn troi ei
ben i'r chwith ac yna i'r dde. Ceisiai ei orau i gadw ei geg ar gau wrth i weddill
ei dîm ei gymeradwyo. Roedd rhyw wên boenus ar ei wyneb.

Ond roedd cynffon carffosawrws yn brysur yn codi'r cnau o'r pwll.
Fe'u chwipiwn nhw fel adenydd Tera, un ar ôl y llall, i'r awyr.

Gwelwn griw'r raptor yn paratoi'n gegagored i'w dal. Disgynnai'r cnau mewn cawod o ddiferion. Ar y dechrau bydden nhw'n gwibio a chythru am y cnau wedyn yn eu dal, yn cesio eu cnoi a'u llyncu. Ond cyn hir, roedden nhw'n symud yn arafach. Doedd neb yn rhuthro wedyn. Neb yn dathlu, a'r cnau'n disgyn ar lawr a rhai'n esgus eu bod yn methu eu gweld.

Canodd bolasawrws ei gorn. Roedd y gêm wedi gorffen. Ac roedd yn amlwg pwy oedd wedi perfformio orau.

'Mae'n gwbl amlwg i mi,' cyhoeddodd Recs, 'er gwaethaf ergydio cryf y raptor, mai chwiposawrws a'i griw sydd wedi llwyddo i faesu orau. Tîm y chwiposawrws sy wedi ennill. Nhw sy'n fuddugol. Gobeithio na fydd hyn yn gadael blas cas yng ngheg neb.'

Trodd Recs atom a rhoi winc. 'Ie, os nad wyt gryf, bydd gyfrwys. Da iawn, Deinamos!'

Dwi'n edrych ymlaen at y gêm nesaf yn barod. Ond mae'n bryd i mi a'r gweddill fynd i gael cawod. I'r afon amdani ac nid i'r pwll piso!

# Tyranosawrws Rex

### Gwion Hallam

Mewn stafell yn Chicago mae T-rex mwya'r byd,
heb allu symud gewyn, mae'n taro pawb yn fud.

Mae'i goesau wedi'u gosod fel un ar siwrne bell
a chysgod ei asennau sy ar lawr fel barrau cell.

Mae rhai wrth fentro'n agos yn mynd ar flaenau'u traed,
er na all eu hogleuo na rhuo am eu gwaed.

Ar wal i bawb ei ddarllen mae'i enw'n glir fel craith –
ni chafodd hawl na rhyddid i ddewis hwnnw, chwaith.

Ond cofia, os ei yno paid gwneud na siw na miw,
a phaid â mentro peswch yr enw yn ei glyw.

Achos er mai gwag yw'r benglog ac oer yw'r esgyrn sych,
ei ddannedd deuddeng modfedd sydd eto'n llym a gwych.

Er iddo farw'n sydyn yn frenin ar ei fyd,
rhwng muriau'r amgueddfa teyrnasu mae o hyd.

Ei ddawn ers oes yw dychryn, arswydo pawb i'r byw –
pam, wir, wnaeth rhywun alw'r ddrychiolaeth hon yn Siw?

(am yr ateb gweler gwefan *The Field Museum*, Chicago)

• TYRANOSAWRWS REX •

# Deinosor! Pa ddeinosor?

Aneirin Karadog

R oedd blaenau bysedd Nansi Wyn yn dechrau edrych yn fflat ar ôl bod yn gweithio mor galed ar ei chyfrifiadur. Ond doedd dim ots ganddi am hynny. Roedd yn llawer gwell ganddi weithio ar ei stori am fôr-ladron na gorfod bwrw mlaen at ei gwaith cartref nesaf. Deinosoriaid! Am bwnc diflas, meddyliodd Nansi wrthi ei hun. Roedd teithio'r byd ar long a darganfod pob math o drysorau mewn ogofâu yn dipyn mwy o hwyl, meddyliodd.

Yn anffodus iddi hi, daeth ei hantur gyda'r môr-ladron i ben yn llawer rhy gyflym.

'A dyna ni am heddi, Dosbarth 8B, erbyn yr wythnos nesaf, eich gwaith cartref chi yw creu proffil o dri math gwahanol o ddeinosor . . .'

Roedd geiriau Mr Owen, yr athro gwyddoniaeth, yn dal i ganu yn ei phen – yn union fel un o'r clychau ar fwrdd llong y môr-ladron. Byddai ysgrifennu am un math o ddeinosor yn ddigon o her i Nansi, heb sôn am dri math ohonyn nhw, wfftiodd. Trïodd gofio rhai o'r enwau roedd hi wedi eu dysgu yn y wers.

'Dicidocws?' Na, doedd hynny ddim yn swnio'n iawn. 'Dansierodocws?' Na, doedd hynny ddim yn swnio'n iawn chwaith, meddyliodd yn ddigalon. Roedd hi'n amlwg nad oedd y pwnc yn tanio'i dychymyg o gwbwl. Doedd ond un peth amdani felly – y we fyd-eang!

Mewn chwinciad, roedd wedi teipio'r gair 'deinosoriaid' i mewn i'r blwch bach ar ganol sgrîn ei chyfrifiadur er mwyn dechrau ar y chwilio am wybodaeth. Bron cyn iddi orffen gwneud hynny, ymddangosodd rhestr hirfaith yn cynnwys miloedd o ddudalennau posib o wybodaeth am ddeinosoriaid o flaen ei llygaid.

'O, grêt!' meddai'n ddigalon gan roi ei phen yn ei dwylo. Wrth iddi wneud hynny, glaniodd ei phenelin dde ar yr allweddell yn ddamweiniol. Yn sydyn, daeth sŵn 'bîp' ac ychydig chwyrnu a chwythu o grombil y cyfrifiadur. Dechreuodd Nansi deimlo'n fwy digalon fyth. Doedd bosib fod ei chyfrifiadur newydd nawr yn mynd i chwarae triciau arni hefyd a gwrthod gweithio? Caeodd ei llygaid yn dynn wrth i rywbeth annisgwyl arall lenwi ei chlustiau. Mewn penbleth cododd ei phen o'i dwylo wrth i sŵn byd natur lenwi bob cwr o'i hystafell wely. Dechreuodd fel rhyw don fach yn goglais ei chlustiau ond erbyn hyn roedd wedi chwyddo i gynnwys sŵn trydar, brefu a sŵn gwynt yn ysgwyd dail. Edrychodd ar y sgrîn. Arni, yn llenwi ei llygaid, roedd y wefan ryfeddaf a welodd erioed. Roedd fel petai cynnwys y sgrîn yn estyn allan amdani a'i hamgylchynu, nes ei bod hi'n sydyn wedi gadael ei stafell wely ac yn sefyll mewn coedwig werdd, ryfedd.

'Anhygoel!' ebychodd Nansi wrth syllu o'i chwmpas yn syn. 'Beth sy wedi digwydd?'

Cymerodd anadl ddofn cyn dechrau syllu o'i chwmpas o ddifri. Roedd planhigion y goedwig yn estron ac yn fawr. Doedd Nansi ddim yn gallu symud cam wrth iddi gael ei swyno gan ei hamgylchfyd newydd. O'i chwmpas roedd coed mor uchel fel na allai hi weld eu copaon, a dail a oedd deirgwaith maint ei chorff yn ysgwyd yn urddasol yn yr awel. A'r synau wedyn! Nid synau adar oedd yn boddi ei chlustiau, meddyliodd. Roedd rhain yn synau na chlywodd hi erioed o'r blaen.

87

'O! Beth yn y byd?!' ebychodd Nansi, gan rwbio'i llygaid. Oedd, roedd rhywbeth yno, meddyliodd. Rhywbeth . . . go fawr! Yno'n syth o'i blaen roedd y creadur rhyfeddaf a welodd yn ei bywyd erioed. Y gwddw hir a'r pen enfawr, annaearol, a dynnodd ei sylw gyntaf, wrth i hwnnw ymestyn i'r coed uwchben a llarpio dail coeden gyfagos. O, trueni na fuasai wedi gwrando mwy ar Mr Owen yn y gwersi gwyddoniaeth – efallai wedyn y byddai'n gallu gwneud mwy o synnwyr o'r hyn oedd yn digwydd. O leiaf roedd hi'n siŵr o un peth, yng nghanol y goedwig o'i blaen, roedd yna ddeinosor!

Brysiodd i guddio tu ôl i graig fechan, yn hanner ofnus a hanner chwilfrydig. Roedd y creadur rhyfedd o'i blaen yn dal i fwyta ei ffordd drwy'r goeden a'i stumog yn gwneud sŵn isel fel corn llong yn gadael y porthladd. Roedd gweld y deinosor yn bwyta'r dail yn gysur i Nansi. O leiaf tra ei fod yn dal i fwyta, byddai hi'n debygol o gael llonydd ganddo. Fyddai e ddim eisiau ei bwyta hi.

'Hy! Am rwtsh!' wfftiodd, achos doedd hi ddim yn bosib o gwbwl ei bod hi, Nansi Wyn, mewn coedwig gyda deinosoriaid!

'Rhaid mai breuddwyd yw'r cwbwl . . .' meddyliodd eto wrth iddi gau ei llygaid a gwasgu ei hamrannau'n dynn at ei gilydd. Roedd hi'n ysu am weld sgrîn liwgar ei chyfrifiadur o flaen ei llygaid unwaith eto. Ond wrth iddi eu hagor yn araf, roedd hi'n dal i allu gweld y deinosor yn mwynhau ei fwyd!

Camodd Nansi am yn ôl gan ddal i obeithio cael ei hunan yn ôl yn ei hystafell wely. Ond wrth wneud hynny, digwyddodd ddamsgen ar frigyn a dorrodd yn glec swnllyd dan ei thraed gan darfu ar dawelwch y goedwig ryfedd. Yn sydyn, trodd y pen enfawr oedd yn cael ei ddal yn uchel yn yr awyr gan fwa o wddwg hir i syllu arni. Rhewodd. Gwelwodd. Allai hi ddim dweud gair o'i phen.

Ond troi nôl at ei fwyd wnaeth y deinosor.

'Diolch byth!' ebychodd Nansi.

Gan sylweddoli na fyddai hi'n cyrraedd nôl yn ei stafell wely ar unwaith penderfynodd Nansi wneud y gorau o'r byd rhyfedd a mynd i grwydro ychydig drwy weddill y goedwig. I gyfeiliant sŵn ei thraed a suo pryfed rhyfedd eu golwg, camodd drwy ddail rhedyn tal, o dan goed a estynnai'n dyrrau uwch ei phen. Wrth fynd yn ei blaen gallai weld ambell greadur tebyg i aderyn yn hedfan uwch y coed wrth i'r goedwig agor ei llenni i'r awyr hyfryd nawr ac yn y man. 'O!' dechreuodd wingo. 'Mwy o ddeinosoriaid. Dwi'n gwybod beth yw rhain . . . ond alla i ddim cofio'u henwau!' Roedden nhw fel awyrennau'n hofran fry, yn troelli ac yn gwneud triciau am yn ail.

Daeth i gyrion y goedwig lle gallai weld môr o wyrddni'n ymestyn o'i blaen. Gallai weld yr haid o ddeinosoriaid yn gliriach erbyn hyn – pob un yn goruwchwylio'r saffari eang o ddeinosoriaid a byd natur estron islaw. Roedd y cyfan yn llenwi ei llygaid fel gwledd pen-blwydd.

Yn y pellter, gallai Nansi weld creadur bygythiol yr olwg, yn brasgamu o gwmpas y lle fel ceiliog dandi. Edrychai'n feistr ar bawb o'i gwmpas. Cofiodd yn sydyn am ei hymweliad â Dan-yr-Ogof. 'Wrth gwrs,' ebychodd, 'tyranosawrws rex!' Gwyddai mai hwn oedd brenin y deinosoriaid, a'i ddannedd mawr, ei goesau cryfion a'i freichiau bach pwt, nad oedd yn gweddu'n iawn â gweddill ei gorff. Daeth gwên i wyneb Nansi wrth feddwl pa mor lletchwith yr edrychai – brenin neu beidio!

Erbyn hyn, roedd Nansi'n dechrau teimlo fel petai'n crwydro set rhyw ffilm antur. Ond roedd popeth a welai o'i blaen yn iawn. Roedd hi'n cerdded trwy fyd oedd yn llawn cewri cig a gwaed a allai ei gwasgu'n fflat dan draed hyd yn oed pe na bai chwant arnyn nhw i'w bwyta fel bar o siocled.

Yn sydyn, dechreuodd Nansi deimlo'n anesmwyth. 'O diar!' ebychodd wrth syllu i gyfeiriad y tyranosawrws rex. Rhedodd ias i lawr ei chefn wrth iddi sylweddoli ei fod yntau'n syllu'n syth i'w chyfeiriad hi. Sylwodd hefyd fod ei ffroenau'n arogli'n frwd gan chwythu ac amsugno aer am yn ail fel piston injan. Dechreuodd y llawr grynu wrth iddo ddechrau brasgamu tuag ati yn gweld ei gyfle i lenwi twll yn ei fol. 'Aaaaaa!' sgrechiodd Nansi. Trodd ar ei sawdl yn ôl i gysgod y goedwig gan feddwl fod ei bywyd ar ben. Roedd camau trymion y deinosor yn agosáu a rhu fyddarol y creadur yn ei hysgwyd. Caeodd hithau ei llygaid yn dynn wrth redeg a sgrechian nerth ei phen. Gobeithiai'n dawel bach na fyddai cael ei llowcio'n fyw yn brofiad rhy boenus!

Yn sydyn, daeth sŵn bwystfil arall i glustiau Nansi. Agorodd ei llygaid yn araf a syllu i'r coed o'i blaen. Yno, roedd deinosor arall. Rhedodd yr un ias i lawr ei chefn unwaith eto. Roedd hwn mor fawr â'r tyranosawrws rex, ond roedd ei freichiau'n hirach – yn rhai a allai gael eu defnyddio i amddiffyn ei hun a brwydro yn erbyn gelyn. Ar ei gefn wedyn, roedd rhywbeth tebyg i hwyl neu lafn a ymestynnai'n fygythiol o'i gorff. Roedd ganddo ddannedd mawr a chorff cryf hefyd. Rhuthrodd Nansi i gysgod coeden wrth wylio'r deinosor hwn yn mynd ati i reslo â'r tyranosawrws rex, a thynnu sylw'r bwystfil rhag ei ginio.

'Nawr yw 'nghyfle i ddianc!' meddai Nansi wrth i'r frwydr fynd yn ei blaen. Dechreuodd redeg. Fyddai hi byth yn meddwl bod deinosoriaid yn greaduriaid diflas ar ôl hyn, wfftiodd. Roedd enwau rhai ohonyn nhw'n rhuthro drwy ei meddwl un ar ôl y llall . . . treiserotops . . . teradactyl . . . sonorasawrws . . . hadnosawrws . . . diplodocws . . .

91

• TRYSORFA DEINOSORIAID •

Wrth ruthro, sylwodd hi ddim ar graig fechan oedd yn gwthio'i hun drwy'r llwyni o'i blaen. Yn sydyn, baglodd. Syrthiodd yn swp i'r llawr. Aeth popeth yn ddu . . .

Gallai Nansi Wyn deimlo rhywbeth glwyb yn goglais ei boch. Agorodd ei llygaid gan ddisgwyl gweld rhyw ddeinosor mawr yn ei llyfu â'i dafod anferth wrth baratoi i'w bwyta. Ond Mot y ci oedd yno – yn gyffro i gyd o fod wedi ei chanfod ar lawr ei hystafell wely. 'Beth yn y byd . . ?' meddai wrthi ei hun.

Cododd yn araf ar ei thraed ac eistedd unwaith eto wrth ei desg. 'Iawn!' meddai, heb ddeall yn iawn beth oedd wedi digwydd iddi yn ystod yr awr ddiwethaf, 'Deinosoriaid. Proffil o dri deinosor.' Byddai hyn yn hawdd nawr, meddyliodd wrthi ei hun. 'Beth am ddechrau gyda'r tyranosawrws rex?'

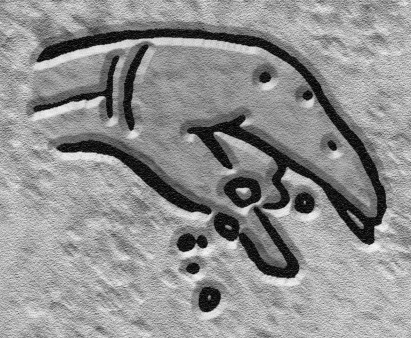

# Deinosor Ola Caernarfon

Ifor ap Glyn

'Go drapia! Mae rhywbeth wedi llarpio'r moron 'ma eto!'
meddai Taid. 'Tasen ni ddim yn byw yng nghanol y dre 'ma,
'swn i'n taeru mai cwningan sydd wrthi.'

Doedd Aled ddim yn gwrando. Roedd o wedi ymgolli
mewn gêm, yn gosod ei ddeinosoriaid hanner o'r golwg
dan blanhigion yr ardd, fel petaen nhw'n crwydro
mewn rhyw goedwig drofannol gynhanesyddol.
Roedd angen iddo ganolbwyntio; wedi'r cyfan,
gallai eu colli nhw'n hawdd os na fyddai'n ofalus –
doedd 'run ohonyn nhw'n fwy o faint
na rhyw dair neu bedair modfedd

o ran maint – ddim hyd yn oed y brontosawrws oedd yn fwy na phedwar bws dybldecyr yn y byd go iawn.

'Mae rhywbeth wedi llarpio . . . O! Dio'm ots!' meddai Taid yn swta braidd wrth sylweddoli nad oedd Aled yn gwrando. Cerddodd yn herciog i gyfeiriad y sied i gadw'r rhaw.

Doedd Taid ddim yn dda iawn am chwarae deinosors. Roedd 'na dwtsh o grydcymalau yn ei bengliniau ac roedd hi'n anodd iddo blygu. Byddai Dad, ar y llaw arall, yn fwy na bodlon gorwedd ar ei hyd yn siarad ag Aled am y gwahanol fathau o ddeinosoriaid. Roedd Dad yn rhannu'i ddiddordeb mewn palaeontoleg, sef y gair am astudio deinosoriaid. Neu roedd o'n arfer gwneud. Cyn iddo fynd i ffwrdd.

Cydiodd Aled yn y tyranosawrws rex a gwneud iddo ymosod ar y brontosawrws. Roedd ymosod ar y brontosawrws yn gwneud i Aled deimlo'n well.

Daeth Taid allan o'r sied. 'Hwyl i ti, Aled!' Cododd Aled ei ben a gwenu arno. Amneidiodd Taid yn reit ffurfiol, cyn anelu drwy'r glwyd yng ngwaelod yr ardd. Roedd Taid yn dal i fyw ar ben ei hun yn y stryd nesaf, ond ers i Dad fynd i ffwrdd i weithio, fo oedd yn gofalu am eu gardd nhw hefyd. Roedd Taid wedi plannu moron – yn lle'r tatws y byddai Dad yn eu rhoi yn y pridd bob blwyddyn. Doedd Taid ddim yn deall bod gwlydd tatws yn gwneud gwell coedwig drofannol ar gyfer chwarae deinosoriaid!

Roedd diddordeb Aled mewn deinosoriaid wedi dechrau rhyw ddwy flynedd ynghynt. Cafodd lyfr trwchus oedd yn sôn amdanyn nhw yn anrheg Nadolig. Roedd wedi darllen y llyfr drosodd a throsodd nes y gallai adrodd darnau ohono ar ei gof, bron. Ac yna, un pnawn Sul rhyw chwe mis yn ôl, roedd o wedi mynd am dro hefo'i dad, i gyfeiriad eglwys Llanbeblig ar gyrion tref Caernarfon. Doedd dim byd yn anarferol yn hynny, ond y prynhawn hwnnw, roedd Aled wedi gofyn i'w dad beth oedd wedi digwydd i dŵr yr eglwys?

97

'Be ddigwyddodd, Dad? Mae'n edrych fel 'tai rhywbeth wedi bod yn brathu'r cerrig.'

'Falla dy fod ti'n iawn.'

'Ond be fasa'n gallu ymestyn deugain troedfedd i'r awyr?'

'Rhywbeth hefo gwddw hir iawn.'

Ceisiodd Aled feddwl pa anifeiliaid oedd â gwddf mor hir â hynny. Jiráff? Na. Yna awgrymodd yn betrus:

'Rhywbeth fel brontosawrws?'

'Ella.'

Roedd Aled yn methu coelio'i glustiau. Oedd y peth yn bosib? Fod brontosawrws i'w gael ar lannau afon Seiont yng Nghaernarfon?

'Ond Dad! Byta llysiau roedd brontosawrws yn ei wneud, nid cerrig!'

'Ti'n iawn, ond bob hyn a hyn roedden nhw'n licio cael cegiad neu ddwy o gerrig.'

98

'Wir!'

'Go iawn. Fel ieir. Mae chydig o gerrig yn eu boliau'n helpu i dreulio'r bwyd yn eu stumogau, ac mae'r mineralau o'r cerrig yn help i ffurfio plisgyn cryf ar eu hwyau.'

'Waw. Felly roedd brontosawrws yma yng Nghaernarfon?'

'Yn bendant.'

'Pryd wnaethon nhw ddiflannu 'te?'

Edrychodd Dad o'i gwmpas fel petai'n poeni y gallai rhywun fod yn clustfeinio arnyn nhw. Yna sibrydodd yng nghlust Aled:

'Ella wnaethon nhw ddim . . .'

'Be?'

'Ella fod deinosoriaid heb ddiflannu! Sut mae'r gwyddonwyr mor siŵr? Sut maen nhw'n gwybod? Ella fod 'na un neu ddau ar ôl . . .'

'Ond yn lle?'

Edrychodd ei dad i fyny at y tyllau rhyfedd ar frig tŵr yr eglwys, ond ddywedodd o ddim gair. Roedd Aled wedi cynhyrfu'n lân erbyn hyn.

'Dad! Oes 'na ddeinosoriaid ar ôl . . . yng Nghaernarfon?'

Gwenodd ei dad yn gyfrinachol, cyn amneidio.

'Yn bendant!'

'Wnewch chi fy helpu i gael hyd iddyn nhw?'

Edrychodd ei dad i fyw llygaid Aled ac amneidio eto. 'Gwnaf . . . ond cofia hyn: ella na chei di hyd iddyn nhw . . . lle byddi di'n disgwyl cael hyd iddyn nhw.'

Ond doedd Dad ddim wedi cadw at ei air. Yn fuan ar ôl iddyn nhw fynd am dro i Lanbeblig hefo'i gilydd, roedd ei dad wedi cael gwaith ar y môr, oedd yn golygu ei fod o'n gweithio oddi cartref am naw mis ar y tro. Doedd dim ots gan Aled ar y dechrau. Roedd wedi'i gynhyrfu cymaint gan y posibilrwydd o ddarganfod brontosawrws Seiont,

99

aeth ati i chwilio ar ben ei hun. Ond ble byddai creadur anferth fel yna'n cuddio? 'Ella na chei di hyd iddyn nhw . . . lle byddi di'n disgwyl cael hyd iddyn nhw'. Dyna roedd ei dad wedi'i ddweud wrtho. Chwiliodd Aled o dan hen bont y rheilffordd wrth ymyl yr afon. Perswadiodd y dyn diogelwch i adael iddo fynd am dro o gwmpas yr hen waith brics. Edrychodd dros y ffens mewn i ffatri Peblig. Dim golwg o ddeinosor yn unman. Ddim hyd yn oed ôl traed. Cerddodd ymhellach ac ymhellach o ganol y dref ond welodd o ddim byd ond criw o hogiau mawr allan yn y caeau hefo'u milgi. Yn raddol bach daeth Aled i amau fod ei dad yn tynnu'i goes. Na, roedd yn waeth na hynny – roedd o wedi dweud celwydd wrtho. Ac yna roedd wedi diflannu dros y dŵr. Roedd Aled yn teimlo'n wirion. Beth oedd ar ei ben o, yn coelio'r fath stori wirion gan ei dad am frontosawrws yn brathu tŵr yr eglwys? Roedd hi mor amlwg mai nonsens oedd hynny! Roedd wedi pwdu hefo'i dad a gwrthodai ddweud mwy na rhyw air neu ddau wrtho pan fyddai cyfle i siarad hefo fo ar Skype bob dydd Sul.

Ond roedd diddordeb Aled mewn deinosoriaid wedi parhau, er gwaethaf ei siom. Teimlodd ychydig yn hapusach pan ddaeth parsel iddo o Japan, gan ei dad. Roedd yna gerdyn hefo fo: 'Rhag ofn nad wyt ti wedi cael hyd i frontosawrws eto, dyma damaid i aros pryd. Cariad mawr, Dad.' Pan agorodd y parsel, beth oedd ynddo ond cit i wneud model o triceratops. Beth roedd 'tamaid i aros pryd' yn ei feddwl, tybed? Oedd Dad yn gwneud hwyl am ei ben eto? Roedd Aled bron â gofyn i'w fam, ond doedd o ddim isio edrych yn wirion.

Eisteddodd wrth y bwrdd yn ymyl ffenest ei lofft, hefo tiwb glud yn un llaw, a phen triceratops yn y llall. Roedd blaen ei dafod yn gwthio allan o ochr ei geg, fel y gwnâi bob tro pan oedd o'n canolbwyntio ar rywbeth. Yn ofalus iawn, rhoddodd flaen trwyn y tiwb glud ar gorun y model cyn glynu corn olaf y triceratops yn ei le. Roedd y cyfarwyddiadau a ddaeth hefo'r cit mewn Japanaeg, felly bu'n rhaid i Aled roi pob darn at ei gilydd yn gyntaf, i wneud yn siŵr bod nhw'n ffitio, cyn eu gludo nhw, rhag ofn iddo wneud camgymeriad.

Roedd ei fam yn gweiddi arno o waelod y grisiau.

'Aled! Wnest di gadw'r deinosors ar ôl chwara'n yr ardd gynna?'

'Oes rhaid gwneud hynny rŵan, Mam?'

'Ty'd, 'na hogyn da. Mae hi am fwrw, dwi'n meddwl – ti'm isio iddyn nhw wlychu, nag wyt?'

Doedd Aled ddim yn gallu meddwl pa wahaniaeth y byddai'n gwneud i ddeinosoriaid plastig petaen nhw'n gwlychu ond roedd yn gwybod yn well na herio'i fam yn ormodol. Roedd hi'n fwy blin ers pan oedd ei dad yn gweithio ar y môr. Ochneidiodd a rhoi'r pìn yn ôl yn nhrwyn y tiwb glud fel roedd ei fam wedi dangos iddo. Byddai hynny'n stopio'r glud rhag sychu. Gosododd y triceratops yn ofalus ar ben y bwrdd yn ei lofft a rhedeg lawr y grisiau fel felociraptor.

Roedd wedi dechrau pigo bwrw wrth i Aled fentro i'r ardd. Oedodd, fel y byddai felociraptor yn ei wneud, wrth baratoi i hela. Trodd ei ben a ffroeni'r awyr. Roedd Aled yn hoffi oglau glaw ar bridd. Smaliodd ei fod yn gallu clywed oglau ei brae. Symudodd yn araf ac yn dawel i ganol yr ardd gan osgoi sathru ar unrhyw beth fyddai'n gwneud twrw.

Roedd y tyranosawrws wrth ymyl y betys. Dau gam sydyn, un cipiad chwim ac roedd y tyranosawrws ym mhoced Aled. Dim sŵn – doedd y dail hyd yn oed ddim wedi symud. Byddai Aled yn heliwr peryglus petai'n hela go iawn! Y stegasawrws oedd nesaf, y tu ôl i'r ffa, a'r igwanodon o dan y pys. Aeth y ddau i'w boced wrth iddo symud fel ysbryd drwy'r ardd. Ble oedd y brontosawrws? Roedd hi'n bwrw'n

101

drymach rŵan a dafnau'r glaw yn pitran ar ddail yr ardd. Ble oedd y brontosawrws? Roedd y glaw yn dechrau treiddio drwy ddillad Aled erbyn hyn. Ac yna gwelodd y brontosawrws. Dacw fo, yn union lle roedd Aled wedi'i osod o dan y moron, fel petai o mewn coedwig gynhanesyddol yn pori'n dawel ar ganghennau'r coed. Ond roedd brontosawrws arall y tu ôl iddo! Dau ohonyn nhw! Doedd hynny ddim yn gwneud synnwyr. Un o bob math o ddeinosor oedd gan Aled. Un tyranosawrws rex, un stegosaurus, un igwanodon ac yn y blaen. Ac un brontosawrws. Rhwbiodd ei lygaid. Na, roedd dau yno o hyd. Ac yna rhewodd mewn syndod. Roedd yr ail frontosawrws yn symud. Roedd yn pori'n osgeiddig ar ddail y moron. Gwyliodd Aled gan wenu, heb feiddio symud dim, rhag ofn iddo ddychryn y creadur. Roedd hyn yn anhygoel! Trodd y brontosawrws ei ben fymryn wrth ddechrau cnoi'n rhythmig ar frig y foronen. Roedd Aled wedi ymgolli'n llwyr wrth ei wylio. Yna bloeddiodd ei fam o'r gegin:

'Aled! Be ti'n wneud yn sefyll yn fanna'n gwlychu?'

Stopiodd y brontosawrws gnoi yn syth ac edrych i gyfeiriad Aled. Trodd Aled at ei fam i ofyn iddi dewi, ond roedd yn rhy hwyr. Daeth bloedd arall ganddi:

'Aled! Tyrd i'r tŷ, yr hogyn gwirion!'

Pan drodd Aled yn ôl, roedd yr ail frontosawrws wedi diflannu. Oedd o wedi dychmygu'r cyfan? Na, roedd ôl dannedd yn amlwg ar foron Taid! Cododd y brontosawrws plastig a'i roi yn ei boced, cyn mynd 'nôl mewn i'r tŷ.

Y dydd Sul canlynol pan oedd hi'n amser cysylltu hefo Dad ar Skype roedd ei fam yn falch o weld bod Aled yn fwy awyddus i siarad y tro hwn.

'Ga i air hefo Dad ar ben fy hun, plîs Mam?

'Cei, siŵr!'

• DEINOSOR OLA CAERNARFON •

Winciodd ei fam ar ei dad wrth ddiflannu i'r gegin. Roedd hi'n tybio bod Aled eisiau ymddiheuro wrth ei dad am fod mor sorllyd hefo fo ers iddo fynd i ffwrdd. Ac roedd hi'n llygad ei lle. Ond yn gyntaf roedd gan Aled rywbeth arall i'w ddweud wrtho! Gwnaeth yn siŵr nad oedd ei fam yn hofran tu allan i'r drws – na, roedd o'n gallu ei chlywed hi'n codi caead sosban yn y gegin wrth baratoi cinio dydd Sul. Trodd Aled at y sgrin a sibrwd yn gynhyrfus:

'Dad! Dwi wedi'i weld o!'

'Y brontosawrws?'

'Ia! Oeddech chi'n gwybod ei fod o'n byw yn yr ardd?!'

Gwenodd ei dad.

'Wnes i ddweud wrthat ti na fasat ti'n cael hyd i'r deinosoriaid lle basat ti'n disgwyl gwneud.'

Chwarddodd Aled.

'Roeddach chi'n iawn! Ac mae o mor fach, Dad!'

'Mae'n rhaid mai fel'na maen nhw wedi goroesi. Trwy esblygu'n greaduriaid llai.'

Amneidiodd Aled, cyn sylweddoli beth roedd ei dad newydd ei ddweud.

'Nhw? Oes 'na fwy nag un felly?'

'Wel oes, 'chan. Dwi wedi gweld dau dros y blynyddoedd – a dau o rai bach hefyd.'

'Wir? Sdim rhyfedd fod cymaint o foron Taid yn cael eu bwyta!'

Difrifolodd Aled am ennyd.

'Dach chi'n meddwl y dylwn i ddweud wrth Taid?'

Ysgydwodd ei dad ei ben:

'Wnaiff o mo dy gredu di, was. Ond dywed wrtho fo am blannu mwy o datws yn lle moron flwyddyn nesa. O leiaf caiff y rheina lonydd gan y teulu brontosawrws!'

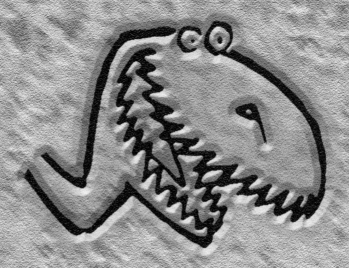

# Rhyfel Cartref

## Ceri Wyn Jones

Dw i a'm brawd yn ymladd
yn amal, amal iawn;
yn ymladd amser brecwast
ac amser te prynhawn;
yn ymladd amser swper
yn swnllyd ac yn hir;
yn ymladd amser gwely
ac wedi hynny, wir!

Ond neithiwr penderfynais
roi'r ffidil yn y to
(ond dim ond ar ôl ymladd
un frwydr frawdol 'to!).
Roedd gen i gynllun gwallgof,
synhwyrol a llawn sbri,
sef cael y deinosoriaid
i ymladd gyda mi.

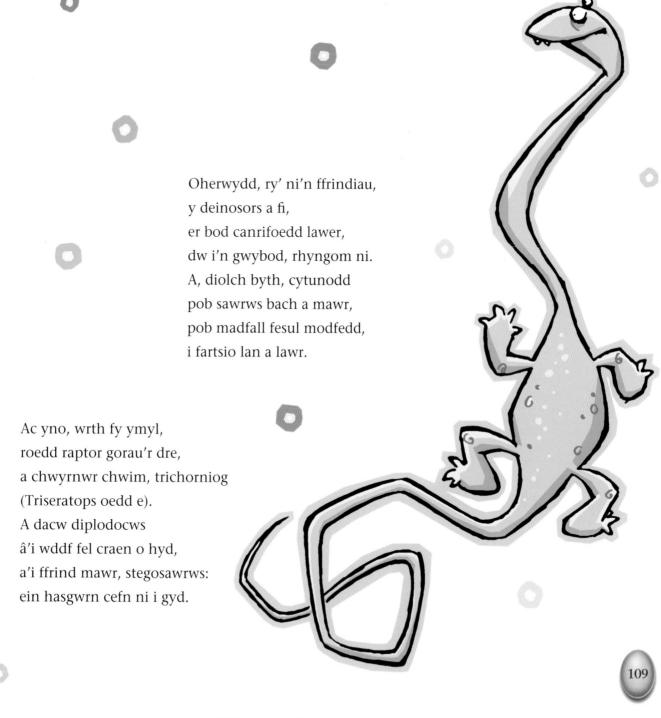

Oherwydd, ry' ni'n ffrindiau,
y deinosors a fi,
er bod canrifoedd lawer,
dw i'n gwybod, rhyngom ni.
A, diolch byth, cytunodd
pob sawrws bach a mawr,
pob madfall fesul modfedd,
i fartsio lan a lawr.

Ac yno, wrth fy ymyl,
roedd raptor gorau'r dre,
a chwyrnwr chwim, trichorniog
(Triseratops oedd e).
A dacw diplodocws
â'i wddf fel craen o hyd,
a'i ffrind mawr, stegosawrws:
ein hasgwrn cefn ni i gyd.

T-recs a ddaeth mewn tracsiwt –
er byw a bwyta'n iach,
bodlonodd wneud un eithriad,
sef bwyta fy mrawd bach!
Fe fartsiai rhai ar bedair,
ac eraill ar ddwy droed,
a fi ar fy mhengliniau'n
gadfridog mawr deg oed.

Nawr dyma ni'n ymosod
gan groesi'r carped glas
at stafell wely Ifan
yn gyfrwys ac yn gas.
Ac yno yn ein disgwyl,
yn gwenu gwên fel gwrach,
heb fyddin i'w amddiffyn
fe safai fy mrawd bach.

110

Ond yn ei ddwylo pitw
(sai'n gwybod shwt na pham)
roedd ganddo arf o'r gofod –
roedd ganddo hŵfyr Mam!
Ac yna gwasgodd fotwm
a refio'r hŵfyr hwn,
cyn llyncu'r deinosoriaid
yn gyfan ac yn grwn.

T-recs a stegosawrws,
a diplododcws pinc,
Triceratops a raptor
sydd bellach yn *extinct*.
Fe'u bwriwyd nhw o'r ddaear
nid gan ryw feteoréit,
ond Ifan gyda'i hŵfyr
yn gwrthod ildio'r ffeit.

111

Cyhoeddwyd yng Nghymru yn 2013 gan
Wasg Gomer, Llandysul, Ceredigion, SA44 4JL
www.gomer.co.uk

ISBN 978 1 84851 475 1

ⓗ y testun: y beirdd a'r awduron, 2013 ©
ⓗ y lluniau: Graham Howells, 2013 ©

Mae Graham Howells wedi datgan ei hawl
dan Ddeddf Hawlfreintiau, Dyluniadau a Phatentau 1988
i gael ei gydnabod fel arlunydd y llyfr hwn.

Cedwir pob hawl. Ni chaniateir atgynhyrchu unrhyw ran
o'r cyhoeddiad hwn na'i gadw mewn cyfundrefn adferadwy
na'i drosglwyddo mewn unrhyw ddull na thrwy unrhyw gyfrwng,
electronig, electrostatig, tâp magnetig, mecanyddol, ffotogopïo,
recordio nac fel arall, heb ganiatâd ymlaen llaw gan y cyhoeddwyr.

Dymuna'r cyhoeddwyr gydnabod cefnogaeth
Adrannau Cyngor Llyfrau Cymru.

Argraffwyd a rhwymwyd yng Nghymru gan
Wasg Gomer, Llandysul, Ceredigion, SA44 4JL

NEATH PORT TALBOT
LIBRARIES

CL

DATE 31/5/16 PR 12.99

LOC.

No. 2000643382